isto não é uma mentira

Isto não é uma Mentira

Faria e Silva é uma Editora do Grupo Editorial Alta Books.

ISBN: 978-65602521-58
Produção Editorial: Grupo Editorial Alta Books
Impresso no Brasil — 1a Edição, 2025 — Edição revisada conforme o Acordo Ortográfico da Língua Portuguesa de 2009.

L45
LEIRADELLA, Cunha de.
Isto não é uma mentira / Cunha de Leiradella. — Faria e Silva Editora, 1a edição - São Paulo - 2025.
136 p. ; 14x21cm.

ISBN: 978-65602521-58

1. Romance brasileiro. 2. Crise existencial - Ficção. 3. Vida urbana - Brasil - Ficção. 4. Identidade (Psicologia) - Ficção. 5. Literatura brasileira - Século XX. I. Título.

CDD: 869.3

Produção editorial:Grupo Editorial Alta Books
Diretor editorial: Anderson Vieira
Editor da obra: Rodrigo de Faria e Silva
Vendas governamentais: Cristiane Mutus
Produtor editorial e capa: FS - Estúdio

ALTA BOOKS
GRUPO EDITORIAL
www.altabooks.com.br

Rua Viúva Cláudio, 291 — Bairro Industrial do Jacaré
CEP: 20.970-031 — Rio de Janeiro (RJ)
Tels.: (21) 3278-8069 / 3278-8419
www.altabooks.com.br — altabooks@altabooks.com.br
Ouvidoria: ouvidoria@altabooks.com.br

Editora afiliada à:
ASSOCIADO

isto não é uma mentira

CUNHA DE LEIRADELLA

FARIA E SILVA
EDITORA

Para Maria Adelaide
A Bruxinha da Barra

E também para

O brasileiro André Seffrin
A portuguesa Mariana Rosário

Toda a minha vida olhei para as palavras
como se as estivesse vendo pela primeira vez.

Ernest Hemingway

1

Isto não é uma mentira, mas também não é uma metáfora.

2

Fiz ontem, 16 de novembro de 2018, 87 anos.

Os hotéis não colam mais etiquetas nas minhas malas, meu cabelo se foi, minha barba embranqueceu, faz anos que não dirijo mais meu carro, mas continuo sendo o que sempre fui.

Acreditando sempre no que digo e no que faço, mas nunca ninguém me acreditando.

Me apercebi disso quando tinha nove anos.

Titia Flora estava fazendo compras depois da missa com Célia, a nossa empregada mais antiga, papai no consultório da clínica, e a empregada de D. Ju bateu na porta.

— Sua tia tá em casa?

— Tá não.

— É que nosso guaraná acabou, e...

Nem a deixei terminar. D. Ju sempre me dava um picolé de limão quando eu ia em casa dela, e eu adorava aquele picolé.

— Quantos D. Ju tá precisando?

— Seis. Amanhã trago de volta, tá?

— Tem pressa não.

Fui na frigidaire, peguei seis garrafas, botei na grade, e dei para ela.

— Depois eu falo com titia, pode deixar, viu?

Quando titia chegou das compras, esqueci de falar, e ela só deu pela falta na hora do almoço.

Célia abriu a frigidaire, e olhou titia, espantada.

— D. Flora tão faltando seis guaranás.

Titia me olhou.

— Foi você que tomou?

— Não, titia.

Ela se benzeu, e fechou a cara.

— Não minta, menino, que é pecado.

Passei por mentiroso dizendo a verdade.

Se titia me tivesse perguntado, foi você que pegou, eu teria dito, fui, titia, D. Ju mandou a empregada pedir, e eu emprestei.

Só que ela não perguntou, e eu passei por mentiroso.

Na escola era a mesma coisa.

Na hora de apresentar as redações a professora sempre me perguntava.

— Eduardo, foi você que fez, ou foi seu pai ou sua tia, hem?

Eu me levantava, e dizia.

— Fui eu que fiz, senhora professora.

Era verdade, mas ela não acreditava.

— Deixa de ser mentiroso, menino.

Pegava a palmatória, e a turma inteira ria.

Eu ficava sem graça, mas continuava dizendo.

— Fui eu que fiz, a senhora pode perguntar pra papai ou pra titia.

Ela nunca perguntou, e eu sempre passei por mentiroso.

Titia sempre me obrigou a me confessar e comungar todos os domingos de cada mês, e todas as sextas-feiras da Paixão.

Eu odiava ir na igreja e me confessar, mas já que tinha que ir, ia, e me confessava, sempre dizendo a verdade.

Não porque tivesse medo de arder nas labaredas do inferno, que era o que titia sempre me dizia, se benzendo.

— Se mentir, vai arder nas labaredas do inferno, viu?

Eu me calava, mas sabia que ninguém ardia no inferno.

Sempre que titia me dizia, se mentir vai arder nas labaredas do inferno, papai me chamava no quarto dele.

— Liga não, sua tia é assim mesmo. O inferno não tem labaredas, mas não se deve mentir. Mentir é desonestidade, entendeu? E um homem desonesto não é um homem. É um idiota. Um imbecil.

Eu gostava de papai, e sempre acreditei no que ele dizia.

Nunca menti.

Nem quando ia na igreja, e me confessava, mesmo odiando a confissão.

Só que padre Mendes era que nem titia.

Também não acreditava no que eu dizia.

Mesmo que eu dissesse, padre, eu não pequei por atos, por palavras, nem por pensamentos, ou padre, eu pequei por atos, por palavras e por pensamentos, ele sempre me mandava rezar três terços, três salve-rainhas, e três atos de contrição.

Quando eu pecava, e tinha hora que pecava mesmo, roubando carambola no quintal de D. Ju, tudo bem.

A penitência estava certa.

Mas quando não pecava, por quê que tinha de rezar três terços, três salve-rainhas, e três atos de contrição do mesmo jeito?

Só porque padre Mendes achava que eu devia rezar?

Ele até que podia achar que a penitência devia ser a mesma, mas que não estava certo, não estava.

Passei um tempão procurando entender por quê que ninguém acreditava no que eu dizia.

Até que um dia entendi.

A verdade não importava.

O que importava era o que os outros pensavam do que eu dizia.

3

Muitas vezes pensei em mentir para titia e para padre Mendes, mas nunca menti.

Na hora, sempre lembrava do que papai dizia.

— Nunca minta, meu filho. Mentir é desonestidade. E um homem desonesto não é um homem. É um idiota. Um imbecil.

E eu não queria ser desonesto.

E muito menos idiota e imbecil.

Mas me entristecia quando titia e padre Mendes não acreditavam no que eu dizia.

Se titia, em vez de me perguntar, foi você que tomou?, e eu disse não, titia, e ela não acreditou, me tivesse perguntado, foi você que pegou? eu teria dito, fui, titia, dona Ju mandou a empregada pedir, e eu emprestei, estaria tudo resolvido.

Titia não precisaria se espantar e se benzer quando no dia seguinte a empregada de dona Ju veio devolver os guaranás, e Célia os botou na frigidaire.

Só que ela não perguntou, e eu passei por mentiroso.

E o mesmo teria acontecido com padre Mendes.

Quando eu lhe dizia na confissão que titia me obrigava a fazer todos os domingos de cada mês e todas as sextas-feiras da Paixão, eu pequei por atos, por palavras e por pensamentos, ele me dava três terços, três salve-rainhas, e três atos de contrição por penitência.

Mas quando eu lhe dizia, eu não pequei por atos, por palavras, nem por pensamentos, ele me dava a mesma penitência.

Na escola, a professora também não acreditava que era eu que fazia as redações, mesmo quando eu lhe dizia, a senhora pode perguntar pra papai ou pra titia.

E isso não estava certo.

Ou eles acreditavam em mim, ou não acreditavam.

Não acreditavam.

Só que não eram eles que não acreditavam.

Tinha terminado o clássico, estava de férias, papai e titia visitando parentes no interior, e só eu, a cozinheira, e Célia, a nossa empregada mais antiga, estávamos em casa, e uma tarde avisei Célia que ia no cinema.

O Rian estava reprisando Casablanca, e Casablanca era, e ainda é um dos filmes que mais me toca. A cena da despedida, quase no final, Ilsa perguntando a Rick, mas, e nós?, e ele respondendo, sempre teremos Paris, sempre me emocionou e ainda me emociona. Como podia alguém trocar um futuro vivo por um passado morto?

— Célia, vou no cinema. Se papai ou titia telefonarem, por favor, diz que telefono quando voltar, tá?

Célia me olhou, abanou a cabeça, e sorriu, como se dissesse, no cinema? Pra cima de mim? Tá pensando que eu sou o quê, hem?

Aquele abanar de cabeça, e aquele sorriso de deboche me fizeram duvidar se Célia estava acreditando que eu ia mesmo no cinema.

Achei que não estava, e no dia seguinte resolvi tirar a prova.

— Célia, vou no Centro, viu? Se papai ou titia telefonarem, por favor, diz que fui comprar o livro daquele médico que papai falou, e que telefono quando voltar, tá?

Ela fez o mesmo que já tinha feito.

Me olhou, abanou a cabeça, e sorriu, como se dissesse, comprar um livro? Pra cima de mim? Tá pensando que eu sou o quê, hem?

Fazia meses tinha saído um livro de contos de um autor que ninguém conhecia.

Sagarana, de J. Guimarães Rosa, que papai me tinha dito que também era médico, e me deixou curioso.

Encontrei na Livraria São José, e comprei.

Cheguei em casa, e mostrei para Célia.

— Comprei, tá vendo?

Ela não respondeu, e fez o mesmo que tinha feito antes. Me olhou, abanou a cabeça, e sorriu, como se dissesse, e daí? Pra cima de mim? Tá pensando que eu sou o quê, hem?

Fiquei danado, mas não disse nada.

O importante não tinha sido eu lhe dizer que ia no cinema, e ter ido, e que ia comprar um livro, e ter comprado.

O importante foi o que ela pensou do que eu lhe disse.

Só que mesmo ninguém acreditando no que eu dizia, sempre continuei dizendo a verdade.

Eu sou o que o que meu pai me ensinou, e não o que o que todo mundo acha que eu sou.

Ou o que é ainda mais importante, o que todo mundo acha que eu devo ser.

Passei um tempão pensando nisso, e só deixei de pensar quando percebi que dissesse o que dissesse, ou fizesse o que fizesse, ninguém me acreditaria.

Viver não é complicado.

Complicado é conviver.

Depender do que os outros acham que a gente diz ou faz, sem se importar com o que foi dito, ou saber o que foi feito.

4

O que sempre fui, e sou, é o que devo, e sempre devi a meu pai.

Quando fiz quinze anos ele me chamou no quarto dele.

— Filho, você acha que já é adulto?

Não respondi, não sabia o que era ser adulto, e ele me olhou, sério.

— Te fiz esta pergunta só pra poder repetir uma coisa que sempre te tenho dito. Se você quiser ser um homem de verdade, nunca minta. Mentir é desonestidade, e quem mente é um idiota e um imbecil. Por isso, nunca minta. Nem pros outros, e muito menos pra você. Quando um homem se engana a si mesmo, deixa de ser um homem pra ser um coitado. Um infeliz.

Não disse nada, não sabia o que era ser adulto, mas nunca mais esqueci aquelas palavras de meu pai.

Se você quiser ser um homem de verdade, nunca minta. Mentir é desonestidade, e quem mente é um idiota e um imbecil. Por isso, nunca minta. Nem pros outros, e muito menos pra você. Quando um homem se engana a si mesmo, deixa de ser um homem pra ser um coitado. Um infeliz.

Muitas vezes ele já me tinha dito que mentir era desonestidade, e que um homem desonesto não era um homem, era um idiota e um imbecil, e eu não queria ser idiota nem imbecil, e muito menos um coitado, um infeliz.

Por isso, nunca menti.

Nem para os outros, e muito menos para mim.

Vivo escrevendo, mas só escrevo sobre o que conheço.

O que vivo, o que olho, o que escuto, o que tateio, o que cheiro, e o que como e o que bebo, mas odeio narradores onipotentes e oniscientes.

Quem vive, quem olha, quem escuta, quem tateia, quem cheira, quem come e quem bebe, são os meus personagens.

Só eles é que sabem quem são, e por que são.

E sempre que me perguntam por que escrevo, e eu digo que escrevo porque não sei fazer outra coisa, digo a verdade.

Só que todo mundo ri, e ninguém acredita.

Mas se eu dissesse que escrevia para fazer do mundo em que vivemos um mundo melhor, ninguém iria rir.

Eu seria um escritor digno de fazer o que faço.

Só que escrever não faz do mundo em que vivemos um mundo melhor.

O mundo é o que é porque nós somos o que somos, e a única certeza que temos é que um dia morreremos.

Mas se eu dissesse que escrevia para fazer do mundo em que vivemos um mundo melhor, embora ninguém risse, tenho certeza, a minha resposta seria aplaudida.

Eu seria um humanista, um escritor sério, erudito, interessado no bem-estar do meu próximo, e minha resposta sairia até nos jornais e em revistas.

E dependendo de quanto minha editora estivesse disposta a pagar, minhas entrevistas sairiam até na rádio e na televisão.

Quanto mais dourado é o papel que embrulha os dropes, sejam de mentol, peitorais ou framboesa, ou até de simples rapadura, mais vontade dá de os chupar e de os lamber.

Como nunca soube dourar meus dropes, nem dizer que escrevo para melhorar o mundo em que vivemos, meu editor vive me dizendo que eu não sei me valorizar.

Que nesta era de internet meus livros venderiam muito mais, se em vez de eu continuar dizendo que escrevo porque nunca soube fazer outra coisa, entrasse em uma de marketing expansivo.

Abrisse minha intimidade nas redes sociais.

Vai ver, ele está certo.

Só que minha intimidade é minha intimidade, e eu só uso meu computador para escrever, não para mostrar minhas cuecas, ou vasculhar as cuecas ou calcinhas seja de quem for.

Por isso, sempre lhe digo, e repito, embora ele não goste que lhe diga, e muito menos que lhe repita, que ele é que deve saber como fazer para ganharmos mais com a venda dos meus livros.

Quem deve entender desse tal de marketing expansivo é ele, eu só escrevo.

Não brigamos.

Nunca brigamos, mas ele sorri amarelado, e não toma um segundo cafezinho.

E se no dia seguinte alguém me diz que em um tal de Instagram, ou Pinterest, minha fotografia apareceu, ou estão dizendo em uns tais de Twitter, Tik Tok, ou Facebook, que eu uso camisetas Tri-Blend, cuecas Kevland e durmo com um pijama Karl Lagerfeld, eu rio.

Tenho que rir.

Não uso pijama, nunca usei, e minhas cuecas e minhas camisetas de algodão sempre foram as minhas preferidas.

E se algum dos meus amigos cochicha em meu ouvido.

— Tua mulher sabe?

— Sabe o quê?

— Que você tem namorada? Eu vi no Facebook.

Eu rio ainda mais.

Meus livros são como eu.

São o que são.

Não se atrevem, nem nunca se atreverão a querer mudar para melhor o mundo em que vivemos.

5

Minhas maiores brigas não são com meu editor, apesar de eu não abrir minha intimidade nas tais de redes sociais.

São com os revisores dos meus textos.

Minha professora do primário, com a palmatória sempre à mão nos metia mais medo do que, dizia o professor de História no ginásio, o bandeirante Raposo Tavares apavorava os índios caiuá.

— Tomem atenção às vírgulas. São as vírgulas que determinam as pausas.

E eu pensando.

Como vou poder botar uma vírgula quando titia me pergunta, cadê suas meias?, e eu respondo, sei não, titia, se não faço pausa no titia?

Ou quando papai me pergunta, você já fez seu trabalho de casa, e eu respondo, ainda não, papai, se não faço pausa no papai?

Nunca perguntei, porque se perguntasse, já sabia.

A palmatória ia zoar na palma da minha mão.

E se chorasse, zoaria dobrado.

Por isso, nunca perguntei.

Mas o que mais me espantou, já no curso clássico, foi o professor de Português.

— Prestem atenção. Antes da conjunção coordenativa aditiva e, nunca, jamais, em tempo algum, se pode usar uma vírgula, entenderam?

Não ri daquele nunca, jamais, em tempo algum.

Se risse, me danava.

Aquele prestem atenção pontificava mais do que, dizem, o imperador Calígula pontificava quando nomeou seu cavalo Incitatus senador.

Só que o prestem atenção não estava nem aí para a senadoria do cavalo de Calígula, e continuava pontificando.

— Prestem atenção. A única exceção é quando a vírgula separa orações coordenadas que têm um sujeito diferente. Exemplo: Os bandidos usavam metralhadoras, e os policiais tiveram que fugir. Isto, se a frase não tiver um aposto, que é sempre colocado entre vírgulas. Exemplo: Os bandidos usavam metralhadoras e, apenas com armas leves, os policiais tiveram que fugir. Entenderam, ou será que tenho de fazer um desenho pra vocês entenderem?

Quis perguntar por que é que a única exceção era quando a vírgula separava orações coordenadas que tivessem sujeitos diferentes, mas me calei.

Perguntar fosse o que fosse a quem pontificava que nem Calígula, era muito mais do que um erro imperdoável.

Era um zero.

E eu precisava era passar, nem que fosse só beirando a linha de água, para me matricular na Faculdade Nacional de Filosofia.

Não que filosofia me interessasse.

Só que teve um livro, já fora do currículo disciplinar, que me deixou curioso pelo título muito para lá de arrevesado. Tractatus Logico-Philosophicus, de Ludwig Wittgenstein.

E ainda mais curioso fiquei quando li o enunciado da primeira proposição.

O mundo é tudo o que ocorre.

O tal do Wittgenstein estava certo.

Se nada ocorresse no mundo, o mundo não existiria.

Minha meta era me formar em Letras, pensando que um canudo seria a melhor chave para abrir a porta da sala que mais me interessava.

Jornalismo.

Jornalista, não cronista social.

Fuxicos de madames tomando porre ou saçaricando decotes na boate Vogue, ou no Golden Room do Copacabana Palace, nunca me interessaram.

Eu queria era ser jornalista que nem Álvaro Lins fazendo crítica literária.

Nada de reportagens que nem David Nasser, ou de política que nem Carlos Lacerda.

Já não lembro o nome do autor e o título do livro, mas copiei e guardo até hoje este parágrafo que li tempos depois.

Subimos uma rua com muralhas do lado esquerdo e entramos num largo descampado. Um tapume de madeira cortava o largo pelo meio, e para além dele viam-se arcos de pedra inacabados. Parei o carro e olhei Nininha. Ela tinha as mãos entre os joelhos e a cabeça recostada no assento.

Aquela vírgula antes do e, e o tal do aposto *para além dele* sem vírgulas na frase, *Um tapume de madeira cortava o largo pelo meio, e para além dele viam-se arcos de pedra inacabados*, me chamou a atenção, e me deu que pensar.

Tanto minha professora do primário, quanto meu professor de português do curso clássico eram magísteres, e se alguém não concordasse, se danava. Ou pegava de palmatória, ou levava zero na avaliação do fim do mês.

Só que nunca me convenceram.

O que sempre me interessou foi o ritmo e a harmonia das frases, não a camisa de força do figurino gramatical.

Nunca conheci o autor do parágrafo para lhe poder perguntar o porquê daquele tipo de virgulação, mas ali soube que tanto a professora do primário quanto o professor do curso clássico estavam errados.

Se o autor tivesse colocado as vírgulas como mandava o figurino, *Um tapume de madeira cortava o largo pelo meio e, para além dele, viam-se arcos de pedra inacabados*, para onde teria ido o ritmo e a harmonia da frase?

Para mim, para o ralo do mais puro beleléu.

6

Sou do tempo em que se amarrava cachorro com lingüiça. Lingüiça com trema. No ginásio, meu professor de História, ria até de uma tal de Convenção Ortográfica Luso-Brasileira, que queria abolir o trema e outras assemelhadices convergentes.

— Não é matéria do nosso curso, mas vocês sabem que Lisboa quer voltar a ser capital do Brasil mesmo depois da nossa independência? Mas como, se eles andam à boleia e nós andamos de carona, hem?

Só que pintou o Decreto Nº 6.583, de 29 de setembro de 2008, promulgando o Acordo Ortográfico da Língua Portuguesa que vinha se arrastando desde 16 de dezembro de 1990, e embora o Decreto Nº 7.875, de 27 de dezembro de 2012, só o tornasse obrigatório a partir de 1º de janeiro de 2016, babau.

O trema, e não só o trema, mas também todas as assemelhadices convergentes foram obrigados a amarrar cachorro com mortadela.

Só que, carioca da gema, até hoje me faço esta pergunta.

Que dirá o Toy, o maltês da vizinha do andar de baixo, se um dia eu escrever, *para, para que seu pelo não voe pelo ar*? Será que, inconformado, vai deixar de latir?

7

Minha mulher me chama Bruxinho, e eu lhe chamo Bruxinha.

Maria Letícia Tadeu Lima e Eduardo da Cunha Júnior são os nomes que nos deram no batismo.

E se Bruxinha não admite que lhe chamem Ticinha, eu também não admito que me chamem Dudu.

Chamavam.

Titia me chamava Dudu.

— Dudu, não faça isso.

— Dudu, se vista, tá na hora da missa.

Eu odiava aquele Dudu.

Meu nome não era Dudu.

Era Eduardo.

Da Cunha Júnior, só porque meu pai se chamava Eduardo da Cunha.

Mas titia insistia.

— Dudu, vá tomar seu banho.

— Dudu, se voltar a rir na missa, sabe pra onde vai? Vai pro inferno.

Um dia, não aguentei mais.

— Titia, se me batizaram Eduardo, por quê que a senhora me chama Dudu, hem?

Ela me olhou, espantada, e se benzeu.

— Porque...

Nem a deixei terminar.

— Gosto de Dudu não. Meu nome é Eduardo, viu.

E fim.

Nunca mais me chamou Dudu.

Nunca chamei Bruxinha de Maria Letícia, ou Ticinha como escutava alguns colegas lhe chamarem, e ela fechava a cara.

Mas também só a chamei Bruxinha no dia que ela me chamou Bruxinho quando o porteiro lhe mandou entregar o primeiro botão de rosa vermelho.

— Por quê que você me chamou Bruxinho?

Ela riu, e apontou minha cara de espanto.

— Ué, porque quem muda um botão de rosa branco pra um cor de laranja, e depois muda pra um vermelho sem lhe mudar o significado, e sem dizer nada, só pode ser bruxo, sabia?

Me olhou, e sorriu.

— Bruxo, não. Bruxinho.

E ficamos Bruxinho e Bruxinha.

Para sempre.

Bruxinha fez em 27 de julho 86 anos, e Bruxinho e Bruxinha é o entendimento de 62 anos do bem-estar da nossa consonância.

Nunca brigamos, e quando discordamos, e algumas vezes discordamos, sempre procuramos saber, não quem tinha razão, mas onde estava a causa da nossa discordância.

Saber que discordávamos, ou como discordávamos, nós sabíamos, mas também sabíamos que o mais importante era saber por que é que estávamos discordando.

E sempre acabávamos rindo ao verificarmos que tínhamos discordado por nada que valesse a pena continuar discordando.

Por isso, nunca brigamos.

Tínhamos acabado de jantar, em cima da mesa um bolo com duas velas acesas, uma com um 8 e outra com um 6, Bruxinha nunca gostou de esconder a idade nem de pintar o cabelo, e um dos nossos dois sobrinhos-netos, os gêmeos Ricardo e Eduardo, filhos de nossa sobrinha Luíza, perguntou.

E aí, titia? Quando vou te levar no altar, hem?

Bruxinha riu.

O riso satisfeito da mulher que sempre soube o valor da mulher que sabe ser mulher.

— Nunca. Nós nunca contraímos matrimônio...

E aqui Bruxinha riu de verdade.

—... pra não nos podermos divorciar.

Todo mundo riu.

Todo mundo riu, mas só Bruxinha e eu sabíamos o quanto tivemos que brigar com a oposição e o afastamento do pai dela, e com o silêncio amuado de minha tia para estar como estamos.

Juntos desde outubro de 1956, e sempre de bem com a gente e com a vida.

Não tivemos filhos, embora muito desejássemos um.

Uma filha como ela, eu lhe dizia, de olhos azuis esverdeados que nem os dela.

É uma realidade muito mais do que triste, e até mais do que trágica, mas em um país onde uma moça virava vagabunda se não casasse de véu e grinalda com o noivo esperando no altar, o casal não viveria só em estado de mancebia.

Viveria também, segundo as penas impostas pela Santa Madre Igreja, em pecado mortalíssimo, ambos sujeitos às labaredas eternas do inferno.

E além das labaredas, ainda tinha que enfrentar as lágrimas das mães, a cara fechada dos pais, e os fuxicos ou os olhares enviesados dos amigos.

O Brasil sempre se orgulhou de ser o maior país católico do mundo, só que os pastores evangélicos já pastoreiam seus rebanhos faz mais de cem anos, e o som dos atabaques nunca deixou de cultuar os orixás.

8

Não sei nem como nem porquê, um dia me telefonaram para o jornal perguntando se podia dar uma entrevista.

— Pra que jornal?

— Pra nenhum. Seria pra mim.

Era a primeira vez que um desconhecido me pedia uma entrevista, e curioso, aceitei.

— Dou, mas não aqui. Pode ser em minha casa?

— Claro. Amanhã, pode ser?

Dei o endereço, e marcamos para depois do jantar.

Estávamos já no cafezinho quando tocou a campainha do interfone.

— Doutor, tá aqui um senhor dizendo que marcou hora.

Era o encarregado da segurança noturna.

— Mande subir, por favor, Seu Pedro.

Pouco depois a campainha da porta tocou, abri-a, e um sujeito com uma pasta se apresentou.

— Sou o Esekiel, com s e com k, erro do cartório, e vim pra entrevista.

Gostei da apresentação, e pedi que ele entrasse.

— Sou o seu pretenso entrevistado.

Sentamos no terraço, e Bruxinha sentou junto de nós.

— Podemos começar?

Ele me olhou, e sorriu.

— Se não se importar, preferia conversar.

Riu ao ver a minha cara de espanto.

— De entrevistas com perguntas pré-combinadas, e respostas idem aspas tá todo mundo cheio, não acha não?

Bruxinha me olhou, sorriu, se levantou, entrou na cozinha, e voltou com três copos e três garrafas de cerveja.

— Melhor refrescar primeiro, né não?

Encheu os copos, e bebeu um gole.

Bebemos também, ele se recostou na cadeira, e tirou um livro da pasta.

Era meu primeiro livro de contos, Fractais Intermitentes.

— Li neste seu livro um conto que me deu muito que pensar. O Ou.

Ri.

— Você deve ter sido o único que leu esses contos.

Ele nem pestanejou. Abriu o livro, procurou o conto, e começou lendo.

Desciam a rua, devagar. A mulher do lado de fora da calçada, e o homem do lado de dentro. A mulher parou, acendeu um cigarro, puxou uma tragada, e o homem parou também.

— Quê que você tem, hem?

A mulher encolheu os ombros. O homem acendeu um cigarro, e puxou uma tragada.

— Tá desse jeito só por que eu perguntei se você ia ficar, ou...

A mulher puxou uma tragada, e o homem puxou outra.

— Me diz, mas fala a verdade. Você vai ficar, ou...

A mulher começou andando. O homem agarrou-lhe um braço, e a mulher parou.

— Me diz. Se você não queria ficar, por quê que ontem disse que ia ficar, hem? Você falou por falar, ou...

A mulher ia começar andando, mas o homem parou na frente dela.

— Me diz. Você vai ficar, ou...

A mulher puxou uma tragada, começou andando, e o homem correu atrás dela.

— Você tá desse jeito por não querer ficar, ou...

A mulher olhou o homem, olhou a esplanada do bar, um pouco à frente, parou junto de uma mesa, e sentou. O homem puxou uma tragada, jogou o cigarro no chão, sentou também, chamou o garçom, pediu dois chopes, e se debruçou sobre a mesa.

— Me diz. Você vai ficar, ou...

A mulher puxou uma tragada. O garçom trouxe os chopes, o homem acendeu outro cigarro, puxou uma tragada profunda, e soprou o fumo com força.

— Ou você me diz, ou...

A mulher bebeu um gole, puxou outra tragada, soltou o fumo devagar pelo nariz e pela boca, e olhou o homem.

— Ou, o quê, hem?

O homem não respondeu. Puxou uma tragada, e bebeu também um gole.

Fechou o livro, e me olhou.

— E fiquei me perguntando. Por quê que a gente fica sabendo que este homem é um fracassado, se o autor não lhe dá corpo, só diz o que ele fala e o que ele faz?

Bebi um gole, e ri.

— Me diga. Será que se a Capitu de Machado de Assis, em vez de ser alta, forte e cheia, fosse baixa, franzina e magra, deixaria de ser Capitu?

— Não.

— Então a resposta tá dada.

Ele não respondeu, só acenou com a cabeça, e eu fiz uma pausa.

— Você poderia me dizer os títulos de um romance e de um livro de contos escritos nos dois últimos anos que você acha que vieram pra ficar na literatura brasileira?

Ele nem pestanejou.

— A Maçã no Escuro e Laços de Família. Ambos de Clarice Lispector.

Já passava da meia-noite quando terminamos a conversa.

Não teve entrevista, mas minha editoria ganhou mais um bom repórter cultural.

Esekiel Stein.

9

Me disseram, já faz anos, e não lembro quem, que Sainte-Beuve, Charles Augustin Sainte-Beuve, escreveu em meados do século XIX que *é preciso escrever o mais possível como se fala, e não falar demais como se escreve.*

Pasmei.

Pasmei, não.

Assombrei.

Se em meus romances e em meus contos eu sempre procurei que meus personagens falassem cada um do seu jeito, como é que há mais de cento e cinquenta anos, justo na época dos romançōes de zilhões de páginas com floreios retóricos e de altíssima eloquência adjetiva, alguém se atrevia a escrever tal sacrilégio?

Nem me dei ao trabalho de verificar se a autoria da afirmação estava certa.

Fosse quem fosse o autor, era também assim que eu pensava que se devia escrever.

Olhando a floresta, mas procurando sempre distinguir entre o emaranhado da folhagem, as particularidades de cada árvore.

Floresta é apenas paisagem. Pode até encantar quem a olha, mas só encanta. E o importante não é o encanto da folhagem, são as particularidades que distinguem cada uma das árvores que compõem a paisagem.

Faz dias li isto em um romance.

E pasmei.

Passaram a tarde na praia do Forte. Nadando, tomando sol, comendo milho verde cozido e bebendo água de coco. Depois foram ao Forte de São Mateus.

Sentada na muralha, encostada na guarita da sentinela, imóvel, Auri olha o mar, brilhando na crista das ondas, lá em baixo. "Por que será que eu gosto tanto do mar?", pensa. Eduardo olha-a, os cabelos compridos esvoaçando, enredados no pescoço. "Por que será que ela gosta tanto do mar?", pensa. "Lá no Rio, a gente passa a vida nas praias." Auri fecha os olhos e deixa o vento salitrado crestar a pele suada. As mãos caídas nos joelhos, com as palmas voltadas para cima, completam o abandono da posição. "O mar é grande", pensa Auri, as narinas infladas, cheirando a maresia. "Por isso eu gosto do mar. Relaxa a gente e não engana ninguém." Distende os músculos e abandona-se à carícia quente do vento. Eduardo entra na guarita oposta, acende um cigarro e observa Auri. "O mar deve ser uma coisa muito importante pra ela", pensa. "Mais do que eu." O vento joga os cabelos negros de Auri contra a parede branca da guarita. "Se perder você eu me mato", pensa Eduardo, de repente.

— Pensamento burro – murmura.

"Burro mesmo", pensa. Joga o cigarro pela seteira, sai da guarita e, num gesto brusco, beija Auri com força. Ela abre os olhos, atônita.

Para quê aqueles pensa e murmura? Não seriam meras excrescências em um texto que poderia ser muito mais direto e muito mais incisivo?

E para quê aquela vírgula, e aquele gesto brusco e aquela força, na frase, *sai da guarita e, num gesto brusco, beija Auri com força*? Sem tudo aquilo, a frase não teria um ritmo mais harmônico, *sai da guarita, e beija Auri*?

Se o romance fosse meu, nada de pensa, murmura, o escambau. Seria assim.

Passaram a tarde na Praia do Forte. Nadando, tomando sol, comendo milho verde cozido, e bebendo água de coco. Depois foram visitar o Forte de São Mateus. Sentada, encostada na guarita da sentinela, Auri olha o mar sem ondas. Por que será que eu gosto tanto do mar? Porque ninguém manda nele, será? Eduardo olha-a, os cabelos esvoaçando, puxados pelo vento. Por que será que Auri gosta tanto do mar? Porque nem no horizonte tem fim? De olhos fechados, Auri deixa o vento crestar a pele suada, e respira fundo, aspirando a maresia. O mar não engana ninguém.

Parece que nem mexe, mas nunca para. Relaxa os músculos, e se abandona à carícia quente do vento. Eduardo entra na guarita oposta, acende um cigarro, e olha Auri. Como o mar engana a gente. Parece que nem mexe, mas nunca para. Puxa uma tragada profunda, e joga o cigarro pela seteira. Se perder você, quê que vai ser de mim? Sai da guarita, e beija Auri. Auri abre os olhos, espantada.

Copiei os dois textos, e em casa mostrei a Bruxinha.

— De qual você gosta mais?

Ela leu, releu, e me olhou.

— Do segundo. No primeiro, Eduardo não passa de um idiota. Aquele, Se perder você eu me mato, nem em novela de televisão entraria, minha nossa.

— Só por isso?

Bruxinha riu.

— Tá se referindo àqueles, pensa, murmura, é? Pura babaquice do autor.

Sorri, satisfeito.

Sainte-Beuve estava certo.

É preciso escrever o mais possível como se fala, e não falar demais como se escreve.

10

Estamos juntos há 62 anos, e estamos felizes.

Só estamos, porque ninguém nasce feliz ou infeliz.

Só nasce.

O que vier, vem depois.

Cumplicidade, indiferença ou agressividade.

Para nós, para Bruxinha e para mim, veio cumplicidade e entendimento.

E concordância.

E tão absoluta, que dura até hoje.

Não nos conhecemos no ginásio ou na faculdade, ou até na praia tomando sol, como é costume acontecer nos romances cor-de-rosa.

Ou na bilheteria do cinema, comprando entrada para assistir Sinfonia de Paris ou Marujos do Amor, como também costuma acontecer nos romances da mesma cor.

Na verdade, no real do asfalto, nos conhecemos por acaso.

Nos esbarrando.

Ela saindo de uma confeitaria, eu correndo para bater meu ponto no jornal.

E nunca esqueci a data.

Cinco de março de 1956, segunda-feira.

Parei, envergonhado, e sem saber o que fazer.

— Me perdoe, senhorita.

Para meu espanto, ela me olhou, e sorriu.

— De nada, cavalheiro.

E continuou andando, eu a seguindo, não por curiosidade, mas porque também era meu caminho.

Para meu assombro, entramos na mesma porta, e esperamos os mesmos elevadores.

— Eu trabalho aqui. A senhorita...

Nem me deixou terminar.

— Eu também.

— Eu sou foca. Comecei dia primeiro.

E era verdade. Eu era foca.

Um novato iniciando a profissão.

Ela acenou com a cabeça, e o sorriso se alargou

— Eu sou auxiliar administrativa da secretária pessoal do diretor-executivo.

Entrou no elevador dela, e eu entrei no meu.

Direto à Redação.

Entrei para o jornal não por me ter formado em Letras, mas porque meu pai tinha operado a esposa do secretário da Redação.

Entramos na sala dele, ele começou se levantando, meu pai, disse, deixe, deixe, só vim trazer meu filho que quer trabalhar no seu jornal, e saiu.

Fiquei esperando, e ele me olhou, sério.

— Sabe escrever?

— Me formei em Letras.

Ele pegou o telefone, discou um número, e pouco depois alguém abriu a porta.

— Silveira, temos um foca aí. Vê o que se pode fazer.

E continuou lendo os papéis que tinha na mão.

Não fosse meu pai ter operado a esposa dele, e meu canudo nem para encanar água serviria.

Perguntei o quê que foca tinha a ver, e Silveira fechou a cara. Americanices. Só porque lá é *cub*, aqui é foca. E fechou a explicação com um resmungo. Babaquices.

Não liguei para a carranca, e dane-se. Filhote ou foca, o importante era começar.

E comecei naquele mesmo dia pegando as laudas nas mesas dos redatores, levando-as para o secretário da Redação analisar, e as buscando depois e entregando ao diagramador.

Seis meses depois peguei minha carteira no Sindicato dos Jornalistas Profissionais do Rio de Janeiro, e me senti realizado, embora na Redação se dissesse que jornalista era só um sujeito ganhando uma miséria, mas que podia entrar de graça nos cinemas, nos teatros, nos circos, e com direito a passe gratuito nos bondes da Light.

Mas eu gostava do que fazia.

Trabalhar no jornal, e logo que pudesse, escrever matérias sobre literatura.

Não ensaios acadêmicos, entupidos de circunlóquios, citações e notas de pé de página, mas críticas que todos entendessem.

Levei um ano para assinar a primeira.

A Pureza da Arte.

Uma pequena resenha, pouco mais de uma lauda, sobre Death in the Afternoon, Morte na Tarde, de Ernest Hemingway.

Publicado em 1932, ainda é um dos melhores, senão o melhor livro já escrito sobre a arte de tourear.

Hemingway na totalidade do seu gênio.

E nunca mais parei.

11

Sopradas as duas velas, cantado o *parabéns pra você / nesta data querida*, Bruxinha cortou o bolo.

Espocado o champanhe da praxe, um Dom Pérignon Brut, o preferido de Bruxinha para comemorar aniversários, começaram os brindes.

De ambas as famílias só restavam os dois gêmeos, Ricardo e Eduardo, filhos de Luíza, netos de Lavínea, a irmã de Bruxinha, ainda solteiros, e os amigos que sempre nos visitavam. Todos os outros, papai, titia, Dr. Armando, D. Arminda, Lavínea, o marido, Ricardinho, e Luíza, filha deles, tinham morrido.

Bruxinha agradeceu, e abriu os presentes.

Livros, seus presentes preferidos.

Perfumes, ela sempre os escolheu pessoalmente.

Conheci-a usando Chanel nº 5, e quando fez 40 anos, passou para Opium.

Porquê, nunca lhe perguntei.

Ela também nunca me tinha perguntado por que é que eu não usava loção pós-barba, nem chapéu.

Só eu não lhe dei um livro.

Lhe dei um envelope.

Bruxinha me olhou, abriu-o, tirou duas folhas de papel, sorriu, e começou lendo.

A Bruxinha dos Encantos.

Hoje é dia de encantos e de bruxinhas encantadas.

E eu vou falar dessas bruxinhas encantadas que amanhecem no primeiro raio de sol que desponta nas alturas sobre os lagos dos encantos.

Dos lagos que são eternos porque neles fazem ninhos os silêncios das madrugadas, e porque são esses os lagos encantados das bruxinhas dos encantos.

Não há silêncio que mais se escute do que o silêncio dos lagos encantados.

E não são os Avatis nem as princesas Doralices que fazem o encanto dos lagos encantados.

Quem encanta e faz brilhar os lagos encantados no feitiço madrugador dos sabiás é o sorriso das bruxinhas encantadas

São poucos os lagos dos encantos.

Muito poucos.

Mas eu conheço um.

Um, onde o voo dos condores se mira nas alturas, e onde as cores das libélulas fazem nascer os arcos-íris, e as bruxinhas encantadas.

Um lago que encanta quem o vê.

E não fui só eu que o vi, nem fui só eu que me encantei.

Os condores que voam nas alturas também o viram, e também eles se encantaram.

E até travaram o revoo, atentos aos passos de quem ia às nascentes das fontes dos encantos, murmurando palavras que não precisavam ser ditas para serem entendidas.

As bruxinhas encantadas no coração de quem as vê, não são os Avatis nem as princesas Doralices.

São os seus encantos que aspergem de estrelas e de silêncios a fulgência do luar, porque são eles que encantam as fontes encantadas que desaguam nos lagos dos encantos.

E sempre que os condores travam o plainio do voo, atentos aos passos dos que vão às nascentes das fontes dos encantos a murmurar palavras que não precisam ser ditas para serem entendidas, nem eles nem as libélulas fogem assustadas.

O amor existe como existem os encantos das fontes e dos lagos encantados.

Sem precisar dizer palavras que não precisam ser ditas para serem entendidas.

Eu conheço uma bruxinha encantada.

Uma bruxinha que sabe que os encantos das fontes e dos lagos encantados são eternos.

Que viverão enquanto viver quem vê os condores que voam nas alturas travando o plainio do revoo, atentos aos passos dos que vão às nascentes das fontes encantadas a murmurar palavras que não precisam ser ditas para serem entendidas.

Por isso, eu digo. Eu, que conheço um lago dos encantos, quem conhecer alguma bruxinha encantada, faça o que fazem os condores e as libélulas.

Que fique atento aos passos dos que vão às nascentes das fontes encantadas, porque o homem que ela encantar será eterno.

Ninguém falou, só Bruxinha me olhou, sorriu, e me estendeu os braços.

Nos abraçamos em silêncio, sabendo que aquele abraço dizia tudo.

Nos queríamos como éramos, e como sempre nos tínhamos querido.

Sem a menor das restrições.

12

No jornal todo mundo cobiçava tudo de todo mundo.

Os redatores tomando as matérias de maior impacto, os repórteres se engalfinhando para pegarem as melhores reportagens, e os fotógrafos fintando os colegas para fazerem as melhores fotografias.

Todos fazendo tudo para aparecerem na primeira página, e o secretário da Redação que se virasse.

Só uma coisa ninguém cobiçava.

A mulher do próximo.

No jornal não havia mulher do próximo. Casamentos entre funcionários eram tabu.

Terminantemente proibidos.

Se alguém casasse, um deles tinha que se demitir.

Se não se demitisse, seria demitido.

Só que a demissionária era sempre a mulher.

Nada de machismo, desigualdade de gênero, ou discriminação, diziam as normas do regulamento interno do jornal.

Só que a verdadeira razão, e disso todo mundo sabia, era o dinheiro.

A despesa.

Evitar o pagamento de prováveis licenças maternidade determinadas por lei.

No jornal mandava quem podia, obedecia quem tinha juízo, e as demissões eram justificadas como prevenção de possíveis conflitos de ordem pessoal no trabalho.

Que todo mundo transava, ou queria transar com todo mundo, todo mundo sabia.

Só que amante não era esposa, e nunca se soube que alguma secretária, ou até auxiliar de limpeza, tivesse engravidado.

Embora proibidos pela Santa Madre Igreja, tanto a camisinha quanto o aborto, faziam parte dos acessórios da maquiagem da moral implantada pelo diretor-executivo.

Bruxinha sempre ria de quem queria dar, ou dava em cima dela.

E continuava rindo quando me contava depois do expediente, logo no primeiro chope que tomávamos longe da Redação.

Bobagem.

Podíamos tomar nossos chopes até na confeitaria do lado, como víamos fazer muitos colegas.

Mas nem ela nem eu gostávamos de fuxicos.

Sempre que nos cruzávamos na Redação, nos tratávamos por senhor e senhorita.

O cavalheiro do esbarrão há muito tinha sido jogado no cesto do lixo não reciclável.

Bruxinha nunca me disse, nunca me minta, e eu também nunca lhe disse, nem você a mim, e o verbo mentir nunca foi conjugado nas nossas vidas.

E nunca nos perguntamos porquê.

Nunca tivemos necessidade.

Juntos faz 62 anos, se nunca nos perguntamos antes, hoje temos certeza que não interessa mais perguntar.

Da forma como sempre nos olhamos, olhos nos olhos, se um de nós mentisse, logo nossos olhos o diriam, e o outro saberia.

Nossos dois sobrinhos-netos, os gêmeos Ricardo e Eduardo, sempre se riem, e não acreditam quando lhes dizemos que nunca mentimos.

E dos amigos que ainda temos, os que nos visitam também nunca acreditaram, e também sempre acharam engraçadíssimo.

Nós sempre rimos, e cada vez com mais vontade, do espanto dos nossos sobrinhos-netos, e dos amigos que nos visitam.

O importante não é, e continua não sendo o que dizíamos, e continuamos dizendo.

O importante é o que os nossos dois sobrinhos-netos, e os amigos que nos visitam acham do que dizemos.

Para quê mentir, se dizendo a verdade também ninguém nos acredita?

E continuamos rindo.

A nossa relação só se tornou oficial, pública já sabíamos que ela era, quando o diretor-executivo me chamou no gabinete, e séria e formalmente me perguntou se eu aceitava chefiar a recém-criada Editoria de Cultura do jornal.

Como eu demorasse algum tempo a responder, pensando nas horas que iria perder encafuado em uma sala, ele me perguntou se não seria melhor chamar D. Letícia, já sua secretária pessoal, e perguntar também para ela.

— Precisa não.

À noite, quando contei para Bruxinha, ela riu até.

— Viu o quanto vale a gente não ter casado?

13

Meu canudo de bacharel em Letras não me valeu um níquel na profissão de jornalista.

Absolutamente nada.

Mas também não fiquei danado com meu começo.

Foca.

Só pegando as laudas nas mesas dos redatores, levando-as para o secretário da Redação analisar, e as buscando depois e entregando ao diagramador.

Comecei estudando línguas estrangeiras no secundário.

Inglês e francês.

E a faculdade, além de me obrigar a papaguear zilhões de teorias que nunca me interessaram, de nada me valeu.

Se quisesse aprimorar meu inglês e meu francês, que era o que mais me interessava, só a British School e a Alliance Française me salvariam.

E foi o que fiz, e ambas me deram o que eu mais queria.

Fluência.

A consolidação, tanto no falar quanto no ler e escrever, quem me deu foi Bruxinha, fluentíssima em francês, inglês e alemão.

Alemão, nunca tive garganta para guturalizar fosse o que fosse em Hochdeutsch.

O que Bruxinha traduzia por alemão padrão, me acordando sempre com um chilreado Guten Morgen, meine Liebe!

Com meu inglês e meu francês já afiados, fiz o que mais me interessava.

Ler meus autores preferidos no original.

Comecei por Hemingway.

Men Without Women, Homens sem mulheres. O conto Hills Like White Elephants, Colinas como elefantes brancos, me assombrou.

Me assombrou, não.

Me deslumbrou.

Um conto se desenvolvendo por diálogos de uma oralidade absoluta, o tempo de ação e de discurso se equivalendo, onde o que não é dito é mais importante do que o que é dito, me encantou.

Nunca tinha lido nada parecido, e muito menos com a mesma qualidade.

The Old Man and the Sea, O velho e o mar, foi o primeiro dos seus romances que li.

Só que levei o maior susto, quando um amigo me deu a edição brasileira de O velho e o mar, traduzida pelo português Fernando de Castro Ferro.

O original que eu tinha começava assim.

He was an old man who fished alone in a skiff in the Gulf Stream and he had gone eighty-four days now without taking a fish.

E a tradução começava assim.

O velho chamava-se Santiago. Dia após dia, tripulando sua pequena canoa, ia pescar na corrente do Golfo. Mas nos últimos oitenta e quatro dias não apanhara um só peixe.

Fiquei danado.

Se no original o nome do velho (Santiago) só aparece no começo do quarto parágrafo, por quê que na tradução aparecia logo na primeira linha do primeiro parágrafo?

Será que o tradutor era o *condottiere* dos gondoleiros *traduttore, traditore*, ou só quis melhorar o estilo do velho Papa?

Não sei.

Nunca o conheci, e nunca lhe pude perguntar.

Só sei que fiquei danado com a barbaridade, e explodi.

Sentei na primeira mesa vaga, e mandei ver na máquina de escrever.

Foram quatro laudas de pura raiva.

Revi o texto mais de dez vezes, e com olhos de ver.

Precisava, e queria detonar tanta pedantice.

Texto pronto, fui na sala do secretário da Redação, e disse-lhe o porquê daquelas quatro laudas.

Ele leu, me olhou, e abanou a cabeça.

— Rasga. Rasga, que o editor é amigo do diretor-executivo, e o livro tá vendendo feito que nem água.

Foi a maior lição de jornalismo que recebi.

Diante daquele pragmatismo sem revide, as cento e sessenta e duas aulas do curso de capacitação do Sindicato dos Jornalistas Profissionais do Rio de Janeiro eram café pequeno.

Pura perfumaria.

Wittgenstein estava certo.

A proposição 7 do Tractatus Logico-Philosophicus dizia tudo.

Do que não se pode falar, deve-se calar.

Só que eu não sabia que em jornalismo também se devia calar a verdade.

Em casa, danado da vida, falei com Bruxinha, e ela riu.

— Bruxinho, se você convivesse com o chefe da minha chefe, te garanto que há muito já se tinha doutorado em verdades jornalísticas.

14

Quando D. Letícia, ainda não tinha chegado a hora de virar Bruxinha, me disse, Eu sou auxiliar administrativa da secretária pessoal do diretor-executivo, o que mais me espantou não foi o cargo que ela tinha no jornal.

Auxiliar administrativa da secretária pessoal do diretor-executivo, ou até auxiliar de limpeza, o cargo foi o que menos me interessou.

O que mais me interessou foi a limpidez transparente da serenidade dos seus olhos azuis esverdeados, tão azuis e esverdeados que pareciam coloridos a pincel, se fixando nos meus.

Naquela manhã nem escutei os habituais, pega, vai logo, seu lesma, dos redatores me jogando as laudas para entregar ao secretário da Redação.

Nunca nenhuma mulher me tinha olhado com tanta sinceridade.

Com tanta consonância.

Quando, dois dias depois, o primeiro botão de rosa branco foi entregue na portaria, endereçado à senhorita Maria

Letícia Tadeu Lima sem nome do remetente, na Redação ninguém soube.

O porteiro mandou um contínuo entregá-lo diretamente na sala da secretária pessoal do diretor-executivo.

Na hora da saída, ao sair do elevador, vi que D. Letícia o trazia na mão.

Meu coração descompassou, e sorri, encantado.

No sexto dia, quando o *boy* entregou um botão de rosa cor de laranja, e um redator que ia entrando viu o porteiro com ele na mão, a Redação virou um pandemônio.

Todo mundo quis saber quem era o remetente.

Um dos redatores veteranos, metido a xereta, seguiu o *boy*, e falou com a florista.

Mas de nada valeu o cuidado, e o trabalho.

A florista só lhe disse que tinha recebido o dinheiro pelo correio, com um bilhete informando para enviar um botão de rosa branco durante 5 dias úteis, um cor de laranja durante 15, e um vermelho até o dinheiro acabar.

Depois receberia outra carta com mais dinheiro.

O xereta chegou na Redação xingando Deus e o mundo.

— Vocês já pensaram? Um cara se mete a Romeu metido a besta, me dá um trabalho danado, e nem o nome deixa na florista. Vá tomar banho no quinto dos infernos.

Todo mundo riu.

Até eu.

Quem manda se meter na vida dos outros?

A partir daquele dia, as laudas dele eram sempre as últimas que eu pegava para entregar ao secretário da Redação.

E tinha hora que entregava com tanto atraso, que se o telefone tocava na mesa dele, ele nem atendia.

Já sabia.

Era o secretário da Redação reclamando.

Quando vi D. Letícia com o botão de rosa vermelho preso na blusa por um broche, só não pulei no meio da Redação para não dar vexame, e todo mundo ficar sabendo.

Mas que tive vontade, juro por Deus que tive.

Ela tinha aceitado a minha declaração.

Agora só faltava lhe dizer quem era o remetente.

Meio que meio encabulado, esperei-a na saída, e convidei-a para tomar um cafezinho.

Para meu espanto, ela sorriu, e aceitou.

Apontou o botão de rosa, e cheirou-o.

— Eu sabia que era você.

Pasmei.

— Mas como foi que soube, D. Letícia?

Ela sorriu.

— Letícia, tá?

Não soube o que dizer, e só pude acenar com a cabeça.

Ela me olhou, e fez um trejeito de malícia com os lábios.

— Como eu soube?

— É. Como...

Ela riu.

— Soube na hora em que lhe disse que eu era auxiliar administrativa da secretária pessoal do diretor-executivo.

Olhei-a, pasmado.

— Mas como, se...

Ela nem me deixou terminar.

— Meu cargo era o que menos lhe interessava. Seu olhar não mentia.

Até hoje lhe mando um botão de rosa vermelho todos os dias.

Ou comprado na florista, ou enviado por computador.

15

Fazia dias que saímos no fim do expediente para tomar chope, Bruxinha sempre com o botão de rosa vermelho preso na blusa por um broche.

Escolhíamos um bar onde ninguém nos conhecesse, e falávamos de tudo.

Livros que líamos, músicas que mais gostávamos, filmes que tínhamos visto, tudo.

Tudo, menos de nós.

E quando o tudo acabava, ficávamos nos olhando.

Só olhando.

Nosso olhar nos falando mais do que todas as palavras que tínhamos dito, do que todos os livros que tínhamos lido, do que todas as músicas que mais gostávamos, e do que todos os filmes que tínhamos visto.

Até que um dia Bruxinha parou na porta, e não entrou no bar.

— E se a gente fosse andar um pouco, em vez de tomar chope, hem?

— Você prefere?

— Você não?

Fomos, e conversamos até muito depois do entardecer.

Só que já não dos livros que tínhamos lido, das músicas que mais gostávamos, ou dos filmes que tínhamos visto.

Depois sentamos num banco, e ficamos olhando as ondas lambendo a areia da praia.

Calados, mas nosso silêncio dizendo tudo.

Que estávamos ali já sabendo o que queríamos, e o que esperávamos um do outro.

Confiança.

Confiança, e certeza que a nossa vida seria aquela.

Sem limite e sem retorno.

Parecia até história de fotonovela das revistas Capricho e Grande Hotel que circulavam na Redação, mas não era.

Era a nossa realidade.

Uma realidade feita de cumplicidade e de certezas.

Olhei a limpidez transparente da serenidade dos olhos dela, e sorri.

Feliz.

Lembrando a hora que ela me chamou Bruxinho quando o porteiro lhe mandou entregar o primeiro botão de rosa vermelho, eu lhe perguntei porquê, e ela apontou a minha cara de espanto.

— Ué, porque quem muda um botão de rosa branco pra um cor de laranja, e depois muda pra um vermelho, sem lhe mudar o significado, e sem dizer nada, só pode ser bruxo, sabia?

Me olhou, e sorriu.

— Bruxo, não. Bruxinho.

E ficamos Bruxinha e Bruxinho.

Para sempre.

Fechei os olhos, e senti a felicidade entrar no meu silêncio.

Era bom estar ali, sabendo que ela também estava ali.

Não sei nem quanto tempo depois me pareceu escutar a voz dela.

— Oi.

Abri os olhos, e sorri.

— Tava pensando.

— Em quê?

— Na hora que você disse que eu era bruxo.

Ela riu.

— Bruxo, não. Bruxinho. Vamos no cinema?

— Vamos.

Se voltou, e apontou um do outro lado da avenida.

— Quê que tará passando naquele?

Encolhi os ombros.

— Pra mim...

Fomos, e entramos como podíamos ter entrado em uma igreja, ou até no empurra-empurra de uma feira livre.

Por acaso.

Só porque Bruxinha não quis entrar no bar, e tomar chope.

Assistimos O Homem do Planeta X.

Um troço tenebroso que tinha mais nevoeiro do que filme, e que nada tinha a ver com a gente.

Em vez de ver o filme, preferi ficar olhando o rosto dela.

— Por quê que você tá me olhando assim?

Sorri, e encolhi os ombros.

— Porque eu gosto.

Bruxinha pegou a minha mão, e deitou a cabeça no meu ombro.

— Bobo.

Recostei na cadeira, e fechei os olhos.

Era bom ter minha mão na mão dela, e foi bom ter ido ver aquele filme que tinha mais nevoeiro do que filme, e que nada tinha a ver com a gente.

Ali começou a nossa vida.

Que dura até hoje, 62 anos já passados.

16

Na Natureza, a perfeição é sempre inversamente proporcional ao Absoluto. Quanto mais eu penso, quanto mais eu raciocino, quanto mais eu pergunto, quanto mais eu questiono, mais meu conhecimento me torna relativo, e mais o Absoluto se distancia.

Bruxinha foi sempre a primeira a ler o que eu escrevia em meus contos e em meus romances.

Sempre atenta, e sempre crítica.

Sempre me apontando as incoerências do texto, ou dos personagens.

Só que quando escrevi este parágrafo, e lhe mostrei, ela riu.

Olhei-a, sério.

— Por quê que você tá rindo?

Ela riu ainda mais, e acenou com a cabeça.

— Porque você escreveu duas frases bonitas.

— E quê que tem serem frases bonitas? Me diz.

Ela parou de rir, e me olhou.

— Bruxinho, frases bonitas nunca são verdadeiras. São apenas enfeites. Decoração.

Acho que fiz cara de bobo, porque ela me olhou, séria.

— Me diz.

Fez uma pausa, e passou a mão na minha cabeça.

— Me diz, mas fala sinceramente. Você escreveria isto no jornal?

— Claro que não. Isto...

Ela tapou a minha boca com a mão.

— Escuta.

Se encostou na secretária, e me olhou.

— Primeiro, escuta, e depois fala, tá?

— Tá.

— No jornal, você já disse que não escreveria. E em seus contos e romances? Você escreveria?

— Não. Isto não é assunto pra conto, ou pra romance. Isto...

Ela riu.

— Você é um bobo, sabia?

Peguei na mão dela, e beijei a palma.

— E por quê que eu sou bobo? Me diz, vai.

Ela passou a mão na minha cara, e me olhou.

— Porque se você não escrevia isto no jornal, nem em um conto ou um romance, então por quê que escreveu? Só por escrever?

Tirei a folha de papel da máquina, e reli a frase.

— Porque eu acho que tá certo.

Ela sentou na borda da secretária.

— E por quê que você acha que tá certo, hem?

— Porque é verdade, ué.

Li o texto em voz alta.

Na Natureza, a perfeição é sempre inversamente proporcional ao Absoluto. Quanto mais eu penso, quanto mais eu raciocino, quanto mais eu pergunto, quanto mais eu questiono, mais meu conhecimento me torna relativo, e mais o Absoluto se distancia.

— Você não acha que tá certo não?

— Não.

— Mas por quê que...

Ela não me deixou nem terminar.

— Porque tá errado.

— Mas porquê? Me diz.

— Escuta.

— Tou escutando. Fala

— Eu sei que você gosta de Hemingway.

— Adoro. Ele escreve....

— Eu também adoro...

Acenou com a cabeça, e se levantou.

— ... e sei que você adora.

Fez uma pausa, e me olhou.

— Mas escuta. Você lembra que ele escreveu, *Prose is architecture, not interior decoration*? Prosa é arquitetura, não decoração de interiores?

— Claro. Escreveu isso no capítulo 16 de A Morte na Tarde.

— Então por quê que você escreveu essa bobajada do Absoluto, hem? Você não diz sempre que só escreve sobre o que conhece?

— Bruxinha...

— Nada de Bruxinha, nem Bruxona. Me responde. Você não diz sempre que só escreve sobre o que conhece?

— Digo, e é verdade. Meus personagens...

— Seus personagens não têm nada a ver com isto. Rasga essa bobagem e continua escrevendo sobre o que você conhece.

Me deu um beijo, sorriu, e foi pegar uma cerveja.

Amassei a folha de papel, joguei-a no cesto do lixo, e no dia seguinte, não lhe dei um botão de rosa.

Dei-lhe três dúzias.

Uma de botões de rosa brancos, outra de botões cor de laranja, e outra de botões vermelhos.

Bruxinha sempre soube, e muito melhor do que eu, o que era certo e o que era errado.

17

Na Redação de um jornal silêncio é coisa que não existe.

E no meu, um salão retangular com vinte mesas e quase o dobro das cadeiras, tirando a sala do secretário com paredes de vidro a meia altura, ao barulho das conversas e dos risos do pessoal, ainda se juntava o matraquear das teclas das máquinas de escrever e o retinir das campainhas dos telefones.

Até ao fechamento da primeira página, a Redação mais parecia uma feira livre do que o cerne de um jornal.

E só nos fins de semana a confusão se acalmava. Só o pessoal de Notícias e Esporte trabalhava.

Mas naquele sábado ninguém arredou pé da Redação.

Até os contínuos e as secretárias da administração ficaram esperando, e as auxiliares de limpeza desligaram os aspiradores.

Às 22:30 começava a transmissão ao vivo, pela TV Tupi, do concurso Miss Brasil, direto do hotel Quitandinha, em Petrópolis, e o diretor-executivo tinha mandado instalar um aparelho de televisão para que o jornal fosse um dos primeiros, o ideal seria ser o primeiro, a dar o resultado em edição especial.

Inaugurado em 1944 para ser o maior hotel cassino da América do Sul, o cassino foi fechado em abril de 1946.

Eu ainda estava no ginásio, mas lembro de papai brindar o fechamento com uma enxurrada de palavrões cabeludos, e titia correr para o quarto, se benzendo.

Se dizia na Redação que o fechamento do cassino tinha sido imposição de D. Carmela, a esposa do presidente da República Eurico Gaspar Dutra.

A beata carola D. Santinha, xingava meu pai, titia se benzendo, e se entrincheirando no quarto.

Se não se entra no paraíso xingando palavrão, que nem titia dizia sempre se benzendo, também não é fechando cassinos que as portas se abrirão, xingava meu pai mandando ver mais um chorrilho cabeludo.

Como as televisões ainda fossem raras, raríssimas, a maior rede carioca era a famosa Televizinho.

Assistir em casa de quem tinha televisão.

Marta Rocha, a Miss Brasil 1954, dizia todo mundo, não tinha sido eleita Miss Universo pelas duas malfadadas polegadas que lhe sobravam nos quadris.

Marmelada, ladroeira, cambalacho, eram os mais civilizados substantivos que ainda permaneciam na memória de todos os brasileiros.

Só que passado é passado, e naquele sábado, 16 de junho de 1956, 22 candidatas disputavam o título de Miss Brasil.

Desta vez, uma delas, todos tínhamos certeza, seria coroada Miss Universo no Long Beach Municipal Auditorium, em Long Beach, na Califórnia.

Além do carnaval, do futebol, e do jogo do bicho, o que mais entusiasmava os brasileiros era a disputa pela conquista do título de Miss Brasil.

Rádios, revistas e jornais, além da TV Tupi, todos acompanhavam os festejos preliminares, as carreatas, os bailes e as sessões de fotografia.

De todos os jornais e revistas, a revista O Cruzeiro era quem puxava o cordão dos torcedores.

Assis Chateaubriand, o Cidadão Kane brasileiro, dono da TV Tupi, era o herói do dia.

Sem ele o concurso de Miss Brasil só poderia ser escutado nos rádios, e visto nas fotografias dos jornais e das revistas.

Com a Redação entupida, botando gente até pelo ladrão, começou o desfile das 22 candidatas.

Quando foi anunciada a entrada de Leda Brandão Rau, a candidata do Distrito Federal, a Redação explodiu.

Palmas, abraços, gritos, assobios, papéis e chapéus voando pelo ar, tudo valia para exprimir o entusiasmo da torcida.

Leda era a preferida de todos os cariocas, e na Redação todos eram cariocas, mesmo aqueles que tivessem nascido fora da cidade do Rio de Janeiro.

Só que quando foi anunciada a vencedora, Maria José Cardoso, uma catarinense representando o estado do Rio Grande do Sul, todo mundo gelou.

Passado o assombro, marmelada, ladroeira, cambalacho, até cadeiras tombando no chão, foi o que mais se escutou, e todo mundo saiu amaldiçoando a noite perdida.

Na Redação só ficou o pessoal encarregado de aprontar a edição especial a sair ainda naquela madrugada.

Danado com o resultado, saí e fui tomar um cafezinho no bar do lado, ainda aberto esperando os últimos retardatários.

E pasmei quando vi Letícia parada na calçada, sorrindo para mim com um botão de rosa cor de laranja preso na blusa por um broche.

18

Antes de o sistema de Editorias, Cidade, Política, Economia, Internacional, Esportes e Cultura ser implantado, todos os livros que chegavam no jornal, enviados pelos autores ou pelas editoras, iam direto para a mesa do secretário da Redação.

Eram amontoados nos cantos da sala, e lá ficavam até que ele se lembrasse de encarregar alguém de escrever sobre qualquer um, sempre escolhido ao acaso. Ou pela capa, ou pelo tamanho, só muito raro pelo nome do autor.

Ao jornal interessavam mais as notícias que dessem manchete na primeira página do que literatura, fosse nacional ou de autores estrangeiros, a não ser que a editora pagasse algum anúncio.

E eram raras, raríssimas, as que anunciavam os livros que publicavam.

Por isso espantei quando o secretário me chamou, e me jogou um livro pelo ar como se fosse uma bola de basquete.

— Vê se alguém quer escrever um troço qualquer sobre essa droga aí. Veio endereçado aos meus cuidados.

Essa droga aí era um livro com 191 páginas, intitulado A LUA VEM DA ÁSIA.

Autor, Campos de Carvalho.

O título me intrigou, e quis ver como ou por quê que a lua vinha da Ásia.

Curioso, fui para o banheiro, foca não tinha mesa na Redação, sentei na privada, e comecei lendo.

A epígrafe era de um tal de Gabriel Brunet, que eu não conhecia.

Tout homme peut bafouer la cruauté et la stupidité de l'univers en faisant de sa vie propre un poème d'incoherence et d'absurdité.

Mas tudo bem. Epígrafes são epígrafes, e já tinha lido muitas que nada tinham a ver com nada.

Todo homem pode zombar da crueldade e da estupidez do universo fazendo de sua própria vida um poema de incoerência e absurdo.

Só que aquele *zombar da crueldade e da estupidez do universo* me deixou ainda mais curioso.

E mais curioso ainda fiquei quando na página seguinte li, Primeira Parte, Vida Sexual dos Perus.

Mas minha curiosidade virou assombro quando li os dois primeiros parágrafos do Capítulo Primeiro.

Aos dezesseis anos matei meu professor de Lógica. Invocando legítima defesa - e qual defesa seria mais legítima? - logrei ser absolvido por cinco votos contra dois, e fui morar sob uma ponte do Sena, embora nunca tenha estado em Paris.

Deixei crescer a barba em pensamento, comprei um par de óculos para míope, e passava as noites espiando o céu estrelado, um cigarro entre os dedos. Chamava-me então Adilson, mas logo mudei para Heitor, depois Ruy Barbo, depois finalmente Astrogildo, que é como me chamo ainda hoje, quando me chamo.

Pasmado com a sequência lógica daquele mais que perfeito e absoluto surrealismo, saí do banheiro, mostrando e querendo ler os dois primeiros parágrafos a todos os redatores, esperando uma reação senão igual à minha, ao menos de curiosidade.

Só que nenhum deles se interessou.

Alguns me xingaram por lhes interromper o trabalho, e a maior parte me chamou foi de idiota.

Fiquei pasmo.

Como podia um pessoal que lidava com escrita não se interessar por um autor que dizia que foi morar sob uma ponte do Sena, embora nunca tivesse estado em Paris?

Se todo mundo ali dentro achava que ler um livro era besteira, que se danassem.

Será que só eu tinha entendido por quê que a lua vinha da Ásia?

Danado da vida levei o livro para ler em casa.

Ao ver minha cara suando de raiva, Bruxinha me olhou, espantada.

— Que cara é essa, Bruxinho? Brigou com alguém?

Mostrei-lhe o livro, e li os dois primeiros parágrafos.

- Quê que você acha disto, Bruxinha?

Ela pegou o livro, leu o que eu tinha lido, e me olhou.

— Onde você desencantou este gênio, Bruxinho?

— Mandaram direto pro secretário da Redação, e ele pediu que eu visse se algum redator queria escrever uma matéria, e ninguém quis. Teve foi alguns que me xingaram, e outros que me chamaram de idiota. Eta cretinice, minha nossa.

Bruxinha riu até.

— E você se espantou, foi?

— Claro.

Bruxinha me olhou, e fez aquele trejeito de malícia com os lábios que sempre fazia quando eu me espantava.

— Lembra quando Guimarães Rosa publicou Corpo de Baile e Grande Sertão: Veredas, você me dizer que o jornal não tomou nem conhecimento? Então pra quê esse espanto todo agora, hem?

19

Bruxinha tinha nascido e vivido em uma casa com jardim, e eu também tinha nascido e vivido em uma casa com jardim.

Com jardim, e com jardineiros e empregadas cuidando de tudo e de todos.

Não era luxo, era o fruto de muito trabalho, me dizia Bruxinha que era o que o pai dela dizia.

Eu dizia a Bruxinha que minha tia dizia que era o que Deus Nosso Senhor nos tinha dado.

Para nós era o que era, pensando o que poderíamos fazer para encontrar um cantinho, palavras de Bruxinha, onde nos pudéssemos sentir bem.

Ainda ninguém das nossas famílias sabia que pretendíamos morar juntos, quando Bruxinha me disse.

— Hoje você vai jantar lá em casa. Papai, mamãe, minha irmã e meu cunhado, querem te conhecer.

— Bruxinha, você acha que...

Ela riu.

— Eu não acho nada, Bruxinho. Eles é que acham.

Oito horas batidas, sentamos à mesa.

Uma sala igual à da casa de meu pai.

Candelabros, cadeiras de espaldar, cristaleiras, empregadas cirandando ao redor da mesa.

Durante o jantar, silêncio, e só na hora do café a conversa começou.

Eu, ainda encabuladíssimo, Bruxinha, a mãe, a irmã e o marido já cochichando e sorrindo, e o pai me olhando, sério.

— Então, o senhor é quem quer casar com a minha filha, hem?

Olhei Bruxinha, ela sorriu e acenou com a cabeça, e ele cruzou as mãos em cima da mesa.

— Eu já não gostei quando ela disse que queria se formar, e muito menos quando quis trabalhar fora, e agora...

Bruxinha nem o deixou terminar.

— Papai, o Eduardo não quer casar comigo.

Doutor Armando, Bruxinha me tinha dito que o pai se chamava Armando, era advogado, a mãe, Arminda, a irmã, Lavínea e o cunhado, Ricardinho, também advogado, doutor Armando olhou Bruxinha, assombrado.

— Comporte-se. Eu estou falando.

Bruxinha riu.

— É, papai. Nós não vamos nos casar. Nós só tamos a fim de morar juntos.

A conversa e o jantar terminaram ali.

Doutor Armando se levantou, e saiu da sala, e só D. Arminda, Lavínea e Ricardinho se vieram despedir de mim na porta do jardim. Bruxinha me acompanhou até ao táxi, rindo às gargalhadas.

— Agora eu quero conhecer seu pai e sua tia.

Olheia-a, e ela riu ainda mais.

— São iguais a meu pai e a minha mãe? Vou adorar.

Combinei o jantar para o sábado seguinte.

Oito horas também batidas, sentamos à mesa.

Uma sala igual à da casa do pai de Bruxinha.

Candelabros, cadeiras de espaldar, cristaleiras, empregadas cirandando ao redor da mesa.

A única diferença foi a conversa no jantar.

Papai contando casos e piadas, Bruxinha rindo, e lhe dizendo o que a gente pretendia fazer, eu calado, pedindo a Deus que titia não se benzesse, e se fosse entrincheirar no quarto.

Servidos os licores e o café, papai acendeu um cigarro, puxou uma tragada, me olhou, e depois olhou Bruxinha.

— Parabéns. Meu filho ganhou a sorte grande. Segunda-feira, se vos convier, passem na clínica no fim da tarde.

Bruxinha olhou-o, espantada, e ele riu.

— Não tem nada de consulta não. Só quero falar com vocês.

No fim do jantar, titia sempre calada e nos olhando de revés, papai nos acompanhou até à porta do jardim.

Já no táxi, Bruxinha me disse, você sabe de uma coisa? Meu pai é que devia ter casado com sua tia.

Me beijou, e deitou a cabeça no meu ombro.

Quando chegamos na clínica, papai nos abraçou.

— Já escolheram casa?

Bruxinha abanou a cabeça.

— Ainda não. Nós...

Meu pai sorriu, e abraçou-a

— Eu gostaria de ter uma palavrinha final nisso. Pode ser?

Bruxinha me olhou, e sorriu.

— Claro.

— Tem um apartamento que gostaria de vos mostrar.

Fez uma pausa, e nos olhou.

— Será o meu presente de Natal.

Olhei-o.

— Papai, nós não...

Ele olhou para Bruxinha, e abanou a cabeça.

— Este meu filho...

Acendeu um cigarro, me apontou, e sorriu.

— Vê se bota um pouco de juízo nessa cabeça oca.

Abraçou Bruxinha, me abraçou, e foi embora cantarolando Meus tempos de criança.

Papai adorava as músicas de Ataulfo Alves.

20

O mistério da entrega diária do botão de rosa, só que agora vermelho, embora permanecesse, já não empolgava tanto a Redação.

Mas ainda dava alguns cochichos, e o xereta que seguiu o *boy* da florista, jurava e trejurava que um dia ainda iria descobrir nem que tivesse que ir nos quintos dos infernos, palavras dele.

Só que nunca descobriu.

Nem a florista sabia quem era o pagador, recebendo sempre o dinheiro pelo correio em uma carta sem remetente.

Na terça-feira, 25 de setembro de 1956, Bruxinha, com o botão de rosa vermelho preso na blusa por um broche me chamou na entrada da Redação.

— Hoje você tem que sair logo depois de mim, tá?

— Pra quê?

Bruxinha fez um sinal de silêncio, e apontou o xereta nos olhando como se perguntasse, será?

Me voltei, mas ele encolheu os ombros e continuou escrevendo a matéria.

Falei com o secretário, ele fechou a cara, mas concordou.

— Vai, vai. Se manda.

Às seis horas encontrei Bruxinha na confeitaria.

— Hoje à noite a gente vai no Municipal.

Espantei.

Nunca tinha entrado no Theatro Municipal, e odiava gravata-borboleta.

Bruxinha riu ao ver minha cara fechada.

— Fica assim não. Precisa de smoking não. A gente vai assistir Orfeu da Conceição. Lavínea foi colega de colégio de Helena, a irmã de Tom, e me arrumou dois convites.

Respirei aliviado.

Conhecia o texto de Vinicius de Moraes, publicado pela Revista Anhembi, e fiquei curioso de ver como ficaria no palco, musicado.

A transposição para um morro carioca do mito de Orfeu, o filho de Apolo e de Calíope, que se apaixona pela ninfa Eurídice. Se casam, mas ela é morta ao fugir de Aristeu, também apaixonado por ela. Desesperado, Orfeu toca e canta músicas para os deuses, e eles o aconselham a descer ao mundo dos mortos e pedir a Hades e a Perséfone que ressuscitem Eurídice. Eles aceitam com a condição de Orfeu nunca olhar para trás quando sair, mas Eurídice tropeça e cai, Orfeu se volta, e Eurídice regressa ao mundo dos mortos.

Se dizia na Redação que quando Vinicius falou com Tom se ele queria musicar seu texto, a primeira pergunta de Tom foi, tem um dinheirinho nisso?

Teve.

O espetáculo foi um sucesso.

Pela segunda vez atores negros pisaram o palco do Theatro Municipal. Não assisti à primeira, em 1945. Estava no ginásio, mas me lembro de titia Flora se benzendo quando papai disse que o Brasil estava mudando. E para melhor. O Teatro Experimental do Negro tinha montado O Imperador Jones, de Eugene O'Neill no Theatro Municipal.

No texto de Vinicius, Orfeu, um sambista de morro, filho de um músico e de uma lavadeira, se apaixona por Eurídice. A paixão de ambos desperta o ciúme de Mira, ex-namorada de Orfeu, e Aristeu, apaixonado por Eurídice, mata-a. No último dia de Carnaval, Orfeu desce do morro, vai ao Clube Os Maiorais do Inferno onde reina Plutão, procurando encontrar Eurídice. Não consegue, e bêbado volta à favela onde é morto por Mira e pelas outras mulheres atiçadas por ela.

As músicas de Tom Jobim, Overture / Monólogo de Orfeu / Um nome de mulher / Se todos fossem iguais a você / Mulher, sempre mulher / Eu e o meu amor / Lamento no morro, elevaram o espetáculo à condição de obra-prima.

O público aplaudiu em pé.

E Bruxinha e eu gritando, Bravo! Bravo!, encantados.

Já nos camarins, Helena chamou Tom, e nos apresentou.

Com uma timidez que me espantou, Tom se aproximou, encabuladíssimo.

— Ô, Nena, mas logo eu?, o Vinicius é que é o autor.

Meu jornal, como sempre, deixou passar em branco o aparecimento de mais um gênio brasileiro.

Antônio Carlos Brasileiro de Almeida Jobim, o compositor Tom Jobim.

Temos o LP da Odeon até hoje, autografado por ambos.

Tom, tímido como sempre, se escusando.

— Mas eu? Pra quê eu?

E Vinicius lhe dando a esferográfica.

— Se cala, e jamega aí, Tomzinho.

E quando escutamos Chega de Saudade em casa de Tom, ambos soubemos que alguma coisa genial tinha chegado no Brasil.

Vai minha tristeza / E diz a ela que sem ela não pode ser. / Diz-lhe numa prece / Que ela regresse / Por que eu não posso mais sofrer.

Não era só a letra, a melodia e a harmonia, ou a batida diferente de João Gilberto no violão.

Era tudo.

E sempre que nos encontrávamos com Tom, com Helena, ou com Vinicius, lhes agradecíamos aquela noite do Theatro Municipal.

Nunca lhes dissemos, mas ela teve o maior significado na nossa vida.

Foi naquela noite que Bruxinha e eu nos beijamos pela primeira vez.

21

Na terça-feira da semana seguinte ao jantar em casa de papai, Bruxinha me disse, hoje nós vamos nos encontrar com mamãe.

Me espantei.

— Sua mãe...

Bruxinha me olhou, e fez aquele trejeito de malícia com os lábios que sempre fazia quando eu me espantava.

— E quê que tem?

Sorri, e abanei a cabeça.

— Nada.

— Então pra quê esse espanto todo, hem?

— É que seu pai...

Bruxinha riu.

— Papai nem sonha.

— E vai ser onde?

— Na Cavé. Na hora da saída. Mamãe espera lá por nós.

Conhecia a Cavé. A mais antiga e sofisticada confeitaria do Rio de Janeiro. Meu pai adorava doces portugueses, uma das especialidades da Cavé, e sempre me levava lá aos domingos, depois do almoço.

D. Arminda nos esperava na última mesa do salão. Bruxinha abraçou-a, e eu fiquei sem saber o que fazer.

Ela me olhou, sorriu, e disse.

— Sentem.

Respirei aliviado, e sentamo-nos. Bruxinha riu, me olhou, e olhou D. Arminda.

— E aí, mamãe?

D. Arminda chamou um garçom.

— Tomais o quê?

Bruxinha encolheu os ombros.

— O que a senhora tomar.

D. Arminda me olhou.

— Dois chás e um uísque, ou...

— Três chás, D. Arminda.

Ela olhou Bruxinha, e riu.

— Ele é sempre assim?

Bruxinha olhou-a, espantada.

— Assim, como, mamãe?

D. Arminda riu.

— Delicadíssimo?

Voltou-se para o garçom, e fez o pedido.

— Três martínis. O meu bem seco, e sem azeitona.

Olhei Bruxinha, pasmado. Ela riu.

— Papai é que toma chá, né, mamãe?

D. Arminda riu.

— Seu pai não muda nunca. Ainda continua visitando o palácio imperial.

Fez uma pausa, e me olhou.

— Mas vamos ao que interessa. Já sei que seu pai vos vai dar um apartamento de presente de Natal.

Olhei-a, espantadíssimo. Como ela poderia saber se não conhecia papai? D. Arminda riu.

— Já combinamos tudo. Eu e ele.

Não me contive.

— D. Arminda, me desculpe perguntar, mas como a senhora combinou com papai, se nós ainda não resolvemos quando...

Ela nem me deixou terminar.

- Meu filho...

Fez uma pausa, e me olhou.

— Lhe chamo meu filho porque minha filha vai viver com você. Nós...

- Me desculpe interromper, D. Arminda, mas como a senhora e papai...

Ela riu.

— Já que tá tão curioso, lhe digo. Depois do jantar lá em casa perguntei a minha filha como poderia falar com seu pai. Ela me deu o telefone de sua casa, no dia seguinte telefonei, conversamos, e marcamos um encontro.

O garçom trouxe os martínis, D. Arminda bebeu um gole. Bebemos também. D. Arminda sorriu, e acenou com a cabeça.

— Adorei seu pai. Parabéns. Um cavalheiro, e sem a menor teia de aranha na cabeça.

Olhei Bruxinha, e ela sorriu.

— E combinaram o quê, se nós ainda não...

D. Arminda me olhou, e deu uma gargalhada.

— Combinamos tudo. Ele vos mostraria o apartamento, não vos diria que eu sabia, e que ajudaria nos arranjos.

Bruxinha se levantou, e abraçou D. Arminda.

— Ô, mamãe. Sabe que eu adoro ser sua filha?

D. Arminda riu.

- Sei. E é por isso que quis falar com vocês.

Levantou o cálice, brindando.

— Aos meus futuros netos.

Eu estava assombrado com o à vontade com que D. Arminda falava, parecendo até meu pai. Levantei também meu cálice, e brindamos. D. Arminda me olhava, sorrindo. Gostei daquele olhar e daquele sorriso. Pareciam o olhar e o sorriso de Bruxinha quando nos conhecemos.

Me levantei, e abracei D. Arminda como teria abraçado minha mãe se a tivesse conhecido.

— Não conheci minha mãe, faleceu quando eu tinha um ano, mas gostaria que ela fosse como a senhora.

22

Foi no dia 1º de outubro de 1956, segunda-feira, que Bruxinha me disse, ao entrar no bar que costumávamos frequentar.

— A gente devia era morar junto, sabia?

Olhei-a, espantado.

— Você...

Bruxinha me olhou, e riu.

— Você não quer?

Nem respondi.

Só a abracei, e deixei meu coração bater descompassado.

— Seu pai me telefonou hoje de tarde, perguntando se podíamos passar na clínica depois do expediente. Ele tá nos esperando.

Olhei-a, espantado.

— Papai telefonou pra você?

Bruxinha me olhou e fez aquele trejeito de malícia com os lábios que sempre fazia quando eu me espantava.

— E quê que tem? Ele não disse que você ganhou a sorte grande, ué?

Papai já nos esperava na porta.

— E então, minha nora preferida, vamos ver hoje o meu prometido presente de Natal?

Olhei papai, espantado. Minha nora? Depois lembrei do encontro com D. Arminda, e me senti feliz. Papai estava certo. Eu tinha ganho a sorte grande. Bruxinha sorriu, e me apontou.

— Ele...

Papai esmagou o cigarro no cinzeiro, e riu.

— Ele disse o quê? Que ainda não resolveu? Então, agora vai resolver. Vamos.

— Papai...

Ele me olhou, e apontou Bruxinha.

— Você já ganhou o melhor presente que podia ganhar. Agora, quem quer ganhar um presente sou eu. Vamos.

— Mas, papai...

— Vamos, seu lesma.

Olhei Bruxinha.

Ela sorria, o braço metido no braço de papai.

Fomos no carro dele, e paramos na porta de um edifício em frente à praia.

Nove andares, e um porteiro fardado que veio abrir as portas do carro.

Primeiro a de papai.

— Boa-noite, doutor.

Olhei Bruxinha, espantado.

— Não me diga que...

Bruxinha sorriu, e encolheu os ombros.

— Quem manda são eles, ué.

Papai nos chamou.

— Vamos.

Entramos no hall, e espantei.

Paredes e chão de tabuões de jacarandá encerado, lustres de cristal, quatro elevadores, e ar-condicionado central.

O porteiro abriu a porta do primeiro, com um C rematando o painel de controle.

Papai me olhou, e sorriu.

— Gostou não?

Olhou Bruxinha, e sorriu.

- Sabia que foi sua mãe que escolheu? Ela não gostou do que eu tinha escolhido, e escolheu este.

Saímos no último andar, e papai abriu a única porta do vestíbulo.

Era a cobertura do edifício, com um terraço igual, ou até maior do que o jardim da nossa casa, metade coberta por um toldo.

Fiquei pasmo, e papai riu.

— Eu não disse que seria meu presente de Natal? Amanhã vamos no cartório fazer a escritura. Já marquei hora.

Fez uma pausa, nos olhou, e sorriu.

— Vocês serão os primeiros moradores, viram?

— Mas, papai, só o condomínio...

Ele me olhou, sério.

— Meu filho, que você entende de escrever, eu sei. Agora, da vida...

Fez outra pausa, e abanou a cabeça.

- Me diz uma coisa. Quem você acha que será nosso herdeiro? Meu e de sua tia, hem? E quanto ao condomínio, deixe. Não é problema seu.

Bruxinha riu, e me apontou.

— Ele resmunga, resmunga, mas...

Papai riu até.

— Mas aceita?

Bruxinha meteu o braço dela no meu, me olhou, e sorriu.

— E tinha jeito de não aceitar?

Fiquei com cara de bobo, mas feliz.

Bruxinha sabia, e muito melhor do que eu, o que ambos queríamos na nossa vida.

Paz.

23

Tínhamos nos conhecido nos esbarrando em uma calçada no centro da cidade no dia 5 de março.

Bruxinha saindo de uma confeitaria, e eu correndo para bater meu ponto no jornal.

Eu era foca fazia cinco dias, só pegando as laudas nas mesas dos redatores, levando-as para o secretário da Redação analisar, e as buscando depois e entregando ao diagramador, ela auxiliar administrativa da secretária pessoal do diretor-executivo, e fiquei mudo, sem saber o que dizer.

Não pelo cargo que ela ocupava no jornal.

Auxiliar administrativa da secretária pessoal do diretor-executivo, ou auxiliar de limpeza, para mim pouco importava.

O que importava era ela.

Ela me olhando e sorrindo, e a limpidez transparente da serenidade daqueles olhos azuis esverdeados, tão azuis e esverdeados que pareciam coloridos a pincel, se fixando nos meus.

Nunca nenhuma mulher me tinha olhado daquele jeito.

Com tanta sinceridade, e com tanta consonância.

E foi essa sinceridade e essa consonância que mudaram minha vida.

Nos conhecíamos fazia seis meses e vinte e oito dias, e fazia sete dias que nos tínhamos beijado pela primeira vez.

Quando lhe mandei entregar a primeiro botão de rosa branco no dia 7 de março, sem remetente, na Redação ninguém soube.

Não era a primeira vez, e não seria a última que rosas, ou botões de rosas eram entregues na Redação.

Mas no dia 14, quando chegou o primeiro botão de rosa cor de laranja, todo mundo se espantou.

Quem seria aquele Romeu apaixonado?

Só que ninguém soube.

Nem sequer o xereta que bancou o detetive seguindo o *boy* até à florista.

Ela tinha recebido uma carta com dinheiro, sem remetente, dizendo para enviar um botão de rosa branco durante 5 dias úteis, um cor de laranja durante 15, e um vermelho em todos os seguintes. Quando o dinheiro acabasse, continuaria recebendo mais.

Na minha ideia, indefinidamente.

Chamava-se Letícia, e me chamou Bruxinho no dia 4 de abril, quando recebeu o primeiro botão de rosa vermelho.

— Por quê que você me chamou Bruxinho?

Ela riu, e apontou minha cara de espanto.

— Ué, porque quem muda um botão de rosa branco pra um cor de laranja, e depois muda pra um vermelho, sem lhe mudar o significado, e sem dizer nada, só pode ser bruxo, sabia?

Me olhou, e sorriu.

— Bruxo, não. Bruxinho.

E ficamos Bruxinha e Bruxinho.

Para sempre.

Até dia 1º de outubro, cento e vinte e quatro botões de rosas vermelhos.

Um por cada dia útil de trabalho.

Junto com D. Arminda, em três fins de semana Bruxinha escolheu a mobília e a decoração do apartamento, e depois de tudo pronto me perguntou.

— Você gostou?

— Gostei.

Ela me olhou, e sorriu.

— Por quê que você nunca discorda de mim, hem?

Sorri, e encolhi os ombros.

— Porque você sempre concorda comigo, ué.

Ela abriu a boca, espantada.

— Concordo?

Ri, e abracei-a.

— Então não concorda? Se não concordasse, não perguntava se eu gostei. Dizia, ó, comprei, fiz. Sei lá, tudo, menos me perguntar se eu gostei, sabia?

Ela riu, e me abraçou.

— Sabe que você tá certo?

— Claro que eu sei. Se não soubesse, você me dizia que eu tava errado, ou será que não, hem?

Nos beijamos e ficamos abraçados, gozando aquela concordância.

Estávamos felizes.

Estávamos, e sempre estivemos.

Moramos nesse apartamento até hoje, onde D. Arminda, Lavínea, ora só, ora acompanhada de Ricardinho, a filha Luíza, e meu pai, sempre nos visitaram.

E hoje, os dois netos de Lavínea, os gêmeos Ricardo e Eduardo, filhos de Luíza, e os amigos que ainda temos, continuam nos visitando.

24

Política nunca me interessou, e muito menos a militância partidária.

Nem na Faculdade, onde os gritos se sobrepunham à falta do menor resquício de bom senso, e muito menos no meu trabalho.

Na Redação todos sabíamos que a maioria era membro ou simpatizante do Partidão, o Partido Comunista Brasileiro, mas qualquer animosidade ou discussão se resolvia com duas ou três Brahma Chopp no fim do expediente.

Nunca me intrometi nessas discussões ou chopadas, sempre votei, mas sempre anulei meu voto.

Bruxinha também nunca se interessou por política, e também sempre anulou o voto dela.

O nosso único interesse éramos nós.

O que um significava para o outro.

Políticos, para nós, sempre simbolizaram, e ainda continuam simbolizando, venha a mim o que é vosso, que o meu é meu e ninguém tasca.

Desde que o bispo D. Henrique de Coimbra rezou a primeira missa na Terra de Vera Cruz que a corrupção sempre causou mais danos do que a saúva.

E se o Brasil nunca tinha acabado com a saúva, como poderia acabar com a corrupção?

A pergunta, apesar de todos os estudos sociopolíticos, ainda continua sem resposta.

Que se dane.

Nem Bruxinha, nem eu, somos políticos.

De todos os presidentes do nosso tempo, Getúlio Vargas, José Linhares, Eurico Gaspar Dutra, Café filho, Carlos Luz e Juscelino Kubitschek de Oliveira, só não desgostamos de um.

Juscelino, o pé-de-valsa JK, que tirava os sapatos para ser fotografado, e adorava cantar Peixe Vivo.

Como pode um peixe vivo / Viver fora da água fria? / Como poderei viver / Sem a sua, sem a sua / Sem a sua companhia?

Só que terminou seu mandato em 31 de janeiro de 1961, e Jânio da Silva Quadros se elegeu montado em um cabo de vassoura.

E também comendo sanduiches de mortadela nos comícios.

E esvoaçando sempre um cabelão despenteado.

E enviesando olhares furibundos por óculos fundo de garrafa.

E cobrindo de pó de povo a barba eriçada de três dias.

E bufando perdigotos por baixo de um bigodão à Pancho Villa.

E assim se fez presidente do Brasil Jânio da Silva Quadros, mesmo desafinando a cantiguinha da campanha.

Varre, varre, varre vassourinha! / Varre, varre a bandalheira! / Que o povo já tá cansado / De sofrer dessa maneira!

Só que se o Carnaval do Rio de Janeiro dura quatro dias, o governo de Jânio durou um pouco mais.

Seis meses e vinte e seis dias, contando com o dia da posse.

Vassoura sempre zoando, logo avisou que para acabar com a corrupção, primeiro o Brasil tinha que ser moralizado.

Ponderação tão acertada que até meu jornal lhe deu manchete na primeira página.

Só que perguntou como, e a resposta foi imediata.

O PRESIDENTE DA REPÚBLICA, usando das atribuições que lhe confere o artigo. 87, item I da Constituição dos Estados Unidos do Brasil, e CONSIDERANDO...

Decretou.

Ficam proibidos os seguintes itens atentatórios à moral e aos bons costumes do povo brasileiro.

Espetáculos de hipnotismo.

Jogos de cartas em associações e congêneres.

Lança-perfume no Carnaval.

Trajes de banho nos concursos de beleza.

Biquínis nas praias.

Corridas de cavalos nos dias úteis.

Rinhas de galos.

Uso de gravata no Palácio do Planalto.

E coroando a moralização, criou um uniforme para os funcionários públicos, confeccionado de linho nacional, de cor bege.

O pijânio.

Isto, além dos memorandos que mandava para todos os auxiliares, fossem ministros ou, se dizia nos corredores do palácio do Planalto, até para contínuos e auxiliares de limpeza.

Entre os muitos que ficaram na história da piada brasileira, este, enviado ao deputado estadual por São Paulo, João Mendonça Falcão, ressalta pela preocupação nacionalista.

GP/CND-1

Ao Conselho Nacional de Desportos

Dep. Falcão:

Preocupa-me a reiterada contratação de futebolistas brasileiros por clubes estrangeiros. Desejam, agora, "importar", também, o Pelé. Cumpre evitar tal processo de enfraquecimento da seleção campeã do mundo. A "exportação" de nossos atletas não nos interessa. Aguardo providências.

J. Quadros

10.4.61

Achando que já tinha dito e feito tudo que havia para dizer e fazer, no Dia do Soldado, escreveu mais um, avisando, *Fi-lo porque qui-lo*, e se mandou.

Ao Congresso Nacional.

Nesta data, e por este instrumento, deixando com o Ministro da Justiça, as razões de meu ato, renuncio ao mandato de Presidente da República.

Brasília, 25.8.61.

Bruxinha riu até.

— Tá vendo, Bruxinho, ainda bem que nós sempre anulamos nossos votos.

— Ué, Bruxinha, nós sempre anulamo-los porque sempre quisemo-lo.

25

Era sábado, tínhamos acabado de lanchar, e estávamos no terraço, lendo. Bruxinha, Chega de Saudade: A história e as histórias da Bossa Nova, de Ruy Castro, e eu, Agosto, de Rubem Fonseca, ambos publicados naquele ano, quando a campainha do interfone tocou, e Bruxinha foi atender.

— Peça pra subir, Seu Raimundo.

— Quem é?

Bruxinha me olhou, espantada.

— É Luíza.

— Sozinha?

— É.

— É de estranhar.

— Também acho. Quando vem, traz sempre o namorado.

Pouco depois a campainha tocou, Bruxinha abriu a porta, e Luíza, a filha de Lavínea, entrou.

— Sozinha? Cadê Adamastor?

Luíza olhou Bruxinha, e me olhou.

— Eu não quis que ele viesse, titia.

Abraçamo-nos, e Bruxinha apontou uma cadeira.

— Senta.

Luíza sentou, e nós sentamos também.

— Sua avó, sua mãe e seu pai, bem?

Dr. Armando tinha falecido fazia três anos, nunca nos tinha telefonado, nem visitado, mas Bruxinha e eu fomos no enterro. Não porque depois de morto Dr. Armando virasse santo, mas pela amizade que tínhamos com D. Arminda, com Lavínea, com Ricardinho e com Luíza, a filha deles.

— Todos bem, titia.

Bruxinha me olhou, e olhou Luíza.

— E então?

Luíza baixou os olhos, e respirou fundo. Parecia triste.

- É Adamastor, titia.

Olhei Bruxinha, preocupado.

— Quê que tem Adamastor? Vocês brigaram?

Luíza baixou a cabeça, e cobriu o rosto com as mãos. Bruxinha me olhou, se levantou, e se ajoelhou na frente da poltrona de Luíza.

— Quê que houve, meu anjo?

Luiza começou soluçando. Bruxinha me olhou. Fiz um sinal para esperar ela falar.

Depois de alguns minutos Luíza parou de soluçar, limpou as lágrimas, e olhou Bruxinha.

— Tou grávida, titia.

Bruxinha abraçou Luíza.

— E daí? Você já tem dezoito anos.

Me levantei, e também abracei Luíza.

— Luíza, sua tia tá certa. E daí?

Para nós, o fato de Luíza ter engravidado nada tinha demais. Bruxinha e eu tínhamos feito tudo para ela engravidar, mas nunca tínhamos conseguido.

Luíza abanou a cabeça.

— É Adamastor, titio.

— Quê que tem Adamastor? Ele...

Bruxinha fez um sinal para eu me calar, e Luíza respirou fundo.

— Ele quer que eu faça um aborto.

Espantei, e Bruxinha passou as mãos no rosto de Luíza.

— Me diz, meu anjo. Adamastor quer. E você?

Fez uma pausa, e olhou Luíza fixamente.

— Luíza, o que interessa não é o que Adamastor quer. O que interessa é o que você quer. Me diz. Você quer fazer esse aborto?

— Não, titia.

— Não quer fazer porque pensa que é pecado, ou...

Luíza abanou a cabeça com força.

— Não, titia. Eu é que não quero.

Nem Bruxinha nem eu éramos católicos praticantes. Para nós, Deus era Deus, e estava em toda a parte, e isso nos bastava. Missas, confissões e comunhões, sobravam as que nos tinham obrigado a fazer quando crianças. E ainda bem que Luíza pensava como nós. Pecado é fazer aos outros aquilo que não queremos que nos façam.

Luíza olhou Bruxinha fixamente durante alguns momentos.

— Não quero fazer, e não vou fazer porque quero este meu filho.

— Sua mãe já sabe?

Luíza abanou a cabeça.

— Ninguém sabe, titia. Nem mamãe, nem vovó, nem papai.

Bruxinha me olhou, e fez um sinal para eu me sentar.

— Faz mal não. Deixa, que eu e seu tio vamos falar com eles. Só que tem uma coisa.

Fez uma pausa, me olhou, e depois olhou Luíza.

— Você tem que nos prometer, a mim e a seu tio, que vai largar Adamastor. Promete?

Luíza olhou Bruxinha, séria.

— Titia, de Adamastor, agora, quero é distância.

Bruxinha sorriu.

— Então tá resolvido. Vamos falar com eles agora.

Fomos os três, e Bruxinha falou com todos. D. Arminda e Lavínea abraçaram Luíza, e Ricardinho, primeiro, abraçou Bruxinha, e depois abraçou Luíza. Bruxinha me olhou sorrindo, e respiramos, aliviados. Os preconceitos de Dr. Armando tinham sido enterrados com ele.

Sete meses depois, nasciam os gêmeos Ricardo e Eduardo.

26

Sentada junto da janela, Bruxinha jogou no chão o livro que estava lendo.

Olhei-a, espantado.

Nunca a tinha visto jogar um livro no chão, e muito menos com tanta raiva.

— Bruxinho, me diz. Você já leu isto?

— O quê?

— Isto.

Bruxinha apanhou o livro, um calhamaço de mais de 700 páginas, e veio até junto do sofá.

Olhei a capa. Finnegans Wake, de James Joyce.

— Olha só. *riverrun, past Eve and Adam's, from swerve of shore to bend of bay, brings us by a commodius vicus of recirculation back to Howth Castle and Environs.* Dá pra entender?

— Onde você arrumou isso?

— Num sebo da marechal Floriano.

— Nunca li.

Bruxinha largou o livro no sofá, e foi pegar uma garrafa de cerveja.

Encheu dois copos, me deu um, e apontou o livro.

— Aquele troço é ilegível.

Bebi um gole, peguei o livro, folhei algumas páginas, e joguei-o no sofá.

— Não sou muito chegado a Joyce não. Me deu uma canseira ler Ulysses...

Bruxinha me olhou, séria.

— Bruxinho, me diz. Você acha que esse pessoal que diz que Joyce é o maior escritor do mundo, leu Ulysses ou Finnegans Wake? Hem, Bruxinho?

— Bruxinha, cada um diz o que quer. Mas pra mim não tem essa de maior escritor do mundo. Tem sim grandes escritores. Édouard Dujardin, por exemplo. Um escritor que pouca gente conhece e revolucionou a literatura com a invenção do monólogo interior. O autor descrevendo uma consciência, mas sendo ela própria que se descreve. Você já leu Les Lauriers sont Coupés?

— Não. Nós temos?

— Temos. É genial. Em pouco mais de cento e setenta páginas Dujardin dá a maior lição de modernidade.

Era domingo, papai tinha dito que vinha jantar com a gente, e estávamos esperando, passando a tarde lendo.

Acabamos a cerveja, Bruxinha se ajeitou no sofá, deitou a cabeça no meu colo, e ficou me olhando e sorrindo.

— Bruxinho, me diz. Você acredita em signos?

Olhei-a, espantado.

No jornal tinha uma coluna chamada O Seu Horóscopo da Semana, publicada no Caderno dos Anúncios Classificados, assinada por alguém que dizia se chamar Jassumaraya.

Eu nunca soube quem era o ou a tal de Jassumaraya.

Se dizia na Redação que a coluna era entregue na portaria por um *boy* para que ninguém soubesse quem a escrevia. Omar Cardoso cobrava caro pelas suas previsões astrológicas, e o secretário da Redação achava que previsões por previsões, tanto valiam as gratuitas como as pagas.

E para mim ele estava certo, embora a maior parte do pessoal achasse que Omar Cardoso nunca errava.

— Não. E tem hora que nem em signatários acredito. Mas me diz, por quê que você perguntou, hem?

— Porque eu também não acredito.

Sorri, e beijei-a.

Sempre que a olhava, os olhos azuis esverdeados parecendo coloridos a pincel, me sentia feliz.

E me sentia, porque sentir se aproxima mais de estar do que de ser.

Estar implica intermitência, enquanto ser implica permanência.

Por isso não se é feliz.

Só se está feliz.

E olhando Bruxinha com a cabeça deitada no meu colo, e me olhando e sorrindo, eu estava feliz.

- Me diz uma coisa, Bruxinha?

Ela abanou a cabeça, pegou a minha mão, e beijou-a.

— Só se forem duas.

— É uma só. E é só uma, porque só agora me lembrei dela.

Ela me olhou, e fez um trejeito de malícia com os lábios.

— Tá. Mas é uma exceção, viu?

— Você, hem?

— Você que quis ficar comigo, ué. Mas vai. Pergunta.

— Por quê que, lembra, depois do jantar em casa de papai, você me disse, seu pai é que devia ter casado com minha tia, hem?

Ela riu.

— Porquê? Ora, Bruxinho. Porque eu seria filha de meu pai e de sua tia, e a gente teria que ir na missa todos os domingos, ué.

Não sei o que fazem os outros quando estão felizes.

Eu sei, desde que conheci Bruxinha.

Aconcheguei-a no meu colo, beijei-a, e fechei os olhos.

Estar feliz é simples.

É só isto.

Esquecer que o tempo existe.

27

Meu jornal, como muitos outros, defendeu a posse de João Goulart como presidente da República depois da renúncia da vassoura de Jânio Quadros.

E também apoiou a instalação do parlamentarismo como solução para a continuidade democrática.

Como ainda apoiou a volta do presidencialismo, botando manchetes garrafais em janeiro de 1963.

Problema da Editoria de Política.

A Editoria de Cultura, e disso eu fazia questão absoluta, era apolítica.

Na hora em que a Cultura se submetesse à politicagem partidária, mesmo quando eufemisticamente chamada de Cultura Engajada, deixava de ser Cultura para ser apenas propaganda.

Com João Goulart na presidência, a baderna se instaurou em todo lado, e tudo que viesse dos Estados Unidos ou cheirasse a americano era taxado de imperialista.

Só que mesmo sabendo que tudo que viesse dos Estados Unidos ou cheirasse a americano era taxado de imperialista, eu gostava dos autores americanos.

Principalmente dos bons romancistas e contistas do século XX.

De Ernest Hemingway, William Faulkner, John Steinbeck, Scott Fitzgerald, J.D. Salinger, a Saul Bellow, Dorothy Parker, e Katherine Anne Porter, a lista se estendia por dezenas.

Todos me interessavam, e eu sempre procurava ficar a par do que por lá se publicava.

E um dos melhores veículos que encontrei foram as revistas.

Durante anos fui pegá-las com o porteiro do edifício da embaixada americana.

Só que quando João Goulart assumiu a presidência depois do plesbicito que afastou o regime parlamentarista, o edifício passou a viver cercado de antiamericanistas ferrenhos, ficou difícil. Aí, acertei com o porteiro para as deixar na banca mais próxima, e eu as pegaria quando pudesse.

Como revistas americanas eram vistas na Redação como praga imperialista, eu levava-as para ler em casa junto com Bruxinha.

Foi no exemplar da Time de 8 de junho de 1962, que uma matéria intitulada Books: Prospero in Yoknapatawpha, me chamou a atenção.

Que eu soubesse, só um romance de Faulkner tinha sido traduzido no Brasil.

Light in August, por Berenice Xavier em 1948, com o título Luz de Agosto, para a Coleção Nobel da Editora Globo.

Li a matéria, e não gostei.

Nada me disse, a não ser que The Reivers não era The Sound and the Fury.

Que The Reivers, o último romance de Faulkner, não se podia comparar a The Sound and the Fury, isso eu já sabia.

Decepcionado, passei a revista para Bruxinha.

Ela começou folheando, e de repente parou, espantada.

— Bruxinho, você leu isto?

— O quê?

— Isto. World: Reigning Beauties?

— Não.

Bruxinha quase gritou.

— Olha só. Maria Thereza Goulart é uma das nove belezas reinantes. Golden Gaucho. Most spirited First Lady is Brazil's Maria Thereza Goulart. Gaúcha dourada. A primeira-dama mais animada é a brasileira Maria Thereza Goulart. Bacana, né?

Riu, fechou a revista, e olhou a minha cara de espanto.

— Péra. Tou rindo, mas é verdade. Que ela é uma mulher lindíssima, disso nem Lady Baines pode duvidar.

Não consegui deixar de rir.

— Ô, Bruxinha, disso nem o próprio Mr. Johnson pode duvidar.

Me jogou a revista, e se levantou.

— Ah é? Então me diz. Por quê que você não escreve uma matéria? O Dines não disse que ela foi a primeira-dama mais bonita da história do Brasil? E olha que ele xingava até o América Futebol Clube, e mais era um torcedor muito pra lá de roxo.

Olhei-a, sério.

Gostava de Alberto Dines.

Sua visão de jornalismo cultural sempre me impressionou. Olhava a Cultura com C maiúsculo.

— Bruxinha, você viu a cara dela na televisão, Jango discursando na Central do Brasil, prometendo reformas de base na lei ou na marra?

— Vi.

— Não parecia mais a cara de alguém que tava acompanhando o próprio enterro, do que a cara de uma primeira-dama orgulhosa do discurso do presidente do Brasil?

Olhei Bruxinha, e abanei a cabeça.

— Não. Não vou pregar mais um prego no caixão dela.

Bruxinha me abraçou.

- É, Bruxinho, você tá certo. A culpa não é dela. Ela só casou com o calhorda.

28

Fechado o Caderno de Domingo na quinta-feira, no dia seguinte era Sexta-feira Santa, naquele fim de semana Bruxinha não quis sair.

Eu também não estava a fim, e ficamos tomando sol no terraço.

Titia ainda telefonou, querendo, quase exigindo que fôssemos fazer o almoço pascal com ela e com papai.

Bruxinha me olhou, e encolheu os ombros.

— Titia, vem a senhora pra cá com papai, e almoçamos aqui.

Ela disse que o almoço já estava pronto, e não fomos.

Continuamos como estávamos.

Bruxinha de biquíni e eu de short, lendo, e tomando nossa Brahma Chopp e nosso sol.

Na segunda-feira, quando chegamos no jornal, a Redação fervia de agitação.

Todo mundo correndo, gritando, mostrando manchetes a todo mundo.

Meu jornal, e todos, ou quase todos os jornais do Rio Janeiro, apoiavam a queda de João Goulart.

Não dei a mínima, e fui tratar do próximo Caderno de Domingo.

Na terça-feira, Bruxinha ao ver o trânsito parado na Praia do Flamengo, espantou.

— Quê que tá havendo?

O motorista do táxi encolheu os ombros.

— Sei não, dona. Parece que o pessoal do Exército tomou conta.

Na Avenida Almirante Barroso, dois tanques de guerra e alguns soldados não deixavam passar nenhum carro.

Saímos do táxi, e fomos a pé.

— Que será que tá havendo, hem?

— Sei não, Bruxinha. Vai ver, Jango tá levando, ou já levou um pé na bunda.

Na porta do jornal, dois soldados pediram nossas carteiras de identidade.

— Quê que tá havendo, hem?

Resposta seca de um deles.

— Tamos acabando com os comunas.

Bruxinha me olhou, meio que sorrindo e meio que espantada, mas entrou como sempre tinha entrado.

Direta para o andar da diretoria-executiva.

Na Redação todo mundo abraçava todo mundo, e Bené, o chefe da Editoria Cidade, me levou para a sala dele.

Tinha quase o dobro da minha idade, fumava feito chaminé, mas nos dávamos bem.

Vez por outra escrevia uns contos sob pseudônimo, que eu publicava no Caderno de Domingo.

— Cara, desta vez Jango, ó, se danou. Você viu os tanques do Olímpio?

— Vi dois na esquina da Almirante Barroso. Eram dele?

Bené encolheu os ombros, e riu.

— Minhas fontes dizem que são. O cara desceu sozinho de Juiz de Fora, não deu bola pro Castello Branco, e botou pra quebrar. Resultado, Jango tá cercado, Lacerda dá vivas, entrincheirado no palácio Guanabara, e no fim ganha quem não perder.

Acendeu outro cigarro no toco do que estava fumando, e puxou uma tragada.

— E você?

Encolhi os ombros.

— Tou que nem você. No fim ganha quem não perder.

E fui para a minha sala

Nunca gostei de fardas, e nem o CFOR fiz. Um tal de Curso de Formação de Oficiais da Reserva.

O que a milicada fizesse era problema dela, já que o meu era preparar o próximo Caderno de Domingo.

A meio da tarde todos os editores foram chamados ao gabinete do diretor-executivo.

Bené riu.

— Lá vem merda. O careta vai pedir pra gente apoiar a nova ordem, quer apostar?

Acendeu outro cigarro no toco do que estava fumando, e puxou uma tragada profunda.

— Aliás, nem isso precisava. Faz tempo que nossas manchetes apoiam a matança dos comunas.

O discurso do diretor-executivo foi curto.

— Senhores, o nosso jornal sempre primou pelo apoio à ordem constituída, e sempre lutou contra a autocracia e a baderna. Agora, que a paz voltou ao seio das famílias brasileiras, é nosso dever apoiar a disciplina e o bom senso democrático dos militares.

Saí encolhendo os ombros.

Minha editoria era apolítica.

Em casa, contei para Bruxinha, e ela me abraçou.

— E agora, Bruxinho?

Abracei-a, e fomos olhar a praia, encostados na mureta do terraço.

— Agora, Bruxinha, tudo vai continuar sendo como era. Política não é nossa praia.

Bruxinha me olhou, sorriu, e me beijou.

— Graças a Deus.

29

Nunca tive problemas geracionais com meus pais.

Nem em criança, nem depois.

Não conheci minha mãe, me disse meu pai que ela tinha morrido quando eu tinha um ano, mas gostaria de a ter conhecido.

Era minha mãe, e embora titia Flora, a irmã mais velha de papai, me tivesse criado como filho, não era minha mãe.

Gostava de meu pai.

Embora ele preferisse Cidadão Kane e eu achasse que Casablanca era o melhor filme que tinha visto, sempre concordamos que a opinião de cada um era apenas a opinião de cada um.

E o mesmo acontecia com os livros.

Ele adorava Machado de Assis, e eu Graciliano Ramos, mas nunca discutimos nossos gostos.

Discutíamos, sim, a qualidade dos filmes que víamos e dos livros que líamos.

Meu pai nunca me disse, quando você tiver a minha idade, você vai ver que eu é que estava certo, e eu também nunca lhe disse que quando tivesse a idade dele jamais diria isso aos meus filhos.

Nos respeitávamos.

Dizem que os pais sempre trazem nas carteiras os retratos dos filhos, e os filhos nunca trazem as dos pais.

Não sei.

Mas se for uma regra, eu conheço duas exceções.

A de Bruxinha, que me mostrou a fotografia da mãe, quando ela lhe disse que um dia iria menstruar, e o que isso seria e o que iria significar na vida dela.

E a minha, ao mostrar a fotografia do casamento dos meus pais a Bruxinha, que meu pai me tinha dado quando fiz dez anos, e me disse.

— Esta é sua mãe. Guarda essa fotografia. Tenho certeza que ela gostaria que você a guardasse.

Sempre nos respeitamos.

Foi ele que me ensinou a respeitar as opiniões dos outros para que os outros respeitassem as minhas.

E sempre foi assim.

Ele sempre respeitou as minhas, e eu sempre respeitei as dele.

Quando terminei o clássico, ele veio no meu quarto.

— Você quer fazer o quê?

— Quero ser jornalista, papai.

Ele era médico, cirurgião-cardiologista, mas não me perguntou por quê que eu preferia jornalismo a medicina.

— Filho, seja o que você acha que deve ser, mas procure ser sempre o melhor. Nunca esqueça que o que deve ser feito, deve ser bem feito. E tem mais. Nunca esqueça que sua liberdade termina onde começa a liberdade dos outros, entendeu?

Titia, solteira, católica apostólica romana, se confessava e ia à missa todos os dias, e achava que ser jornalista era ser servo do demônio.

E nunca aceitou.

Papai não a contrariava, e sempre me dizia.

— Filho, sua tia é sua tia, foi ela que criou você, e se ela acredita no inferno, deixa. Um dia, quem sabe, entrará no paraíso?

Quando fiz quinze anos meu pai me chamou no quarto dele.

— Filho, você acha que já é adulto?

Olhei-o, espantado, e não soube o que responder.

Sabia o que queria, mas não sabia o que era ser adulto.

Meu pai me olhou, sério.

— Te fiz esta pergunta só pra poder repetir uma coisa que sempre te tenho dito. Se você quiser ser um homem de verdade, nunca minta. Mentir é desonestidade, e quem mente é um idiota e um imbecil. Por isso, nunca minta. Nem pros outros, e muito menos pra você. Quando um homem se engana a si mesmo, deixa de ser um homem pra ser um coitado. Um infeliz.

Não disse nada, não sabia o que era ser adulto, mas nunca mais esqueci aquelas palavras de meu pai.

Se você quiser ser um homem de verdade, nunca minta. Mentir é desonestidade, e quem mente é um idiota e um imbecil. Por isso, nunca minta. Nem pros outros, e muito menos pra você. Quando um homem se engana a si mesmo, deixa de ser um homem pra ser um coitado. Um infeliz.

Se levantou, e abriu a porta.

— Agora vai, e me arruma uma namorada que possa ser igual ou melhor do que você. Que nem sua mãe foi pra mim, entendeu?

Saí do quarto abobado.

E só vim a entender o que ele quis dizer quando conheci Letícia.

Aquela Letícia, que me chamou de Bruxinho quando o porteiro lhe mandou entregar o primeiro botão de rosa vermelho, depois de cinco brancos e quinze cor de laranja.

Meu pai estava certo quando conheceu Bruxinha no primeiro jantar em casa dele, e lhe disse.

— Parabéns. Meu filho ganhou a sorte grande.

Bruxinha nunca me disse, nunca me minta.

Eu também nunca lhe disse, nem você a mim.

E até hoje, passados 62 anos, o verbo mentir nunca foi conjugado na nossa vida.

E nunca será, ambos temos certeza disso.

Nós somos o “s” do nosso nó.

30

Para mim, o fato de o meu jornal sempre legitimar as medidas tomadas por Brasília, nada me dizia.

O que os militares faziam ou deixavam de fazer, era problema deles.

O meu era manter o Caderno de Domingo fechado à tarde de cada sexta-feira.

Bruxinha, tinha hora me perguntava.

— Me diz, Bruxinho, por quê que você nunca lê seu Caderno de Domingo, hem?

— Primeiro, porque você joga no lixo os jornais de sábado e de domingo.

Ela me olhava, e fazia aquele trejeito de malícia com os lábios.

— Só por isso, é?

Eu dava mais um gole na minha cerveja, e olhava-a, também sorrindo.

— E, segundo, porque já tá publicado, e o que tá escrito não pode ser mudado.

Ela sorria, e refazia o trejeito de malícia com os lábios.

— E também porque no dia seguinte meu Caderno só serve é pra embrulhar peixe ou banana de água em feira livre.

Me beijava, e deitava a cabeça no meu colo.

A política e a diretriz ideológica do jornal nunca me tinham interessado.

Meu único interesse era Bruxinha, e sempre que possível, assistirmos shows de Tom Jobim e de Vinicius de Moraes.

E um deles nos marcou para sempre.

O Encontro.

O lançamento de Garota de Ipanema na inauguração da boate Au Bon Gourmet.

Tom, Vinicius, e João Gilberto.

Olha que coisa mais linda / Mais cheia de graça / É ela menina / Que vem e que passa / Num doce balanço / Caminho do mar.

Fazia um ano que editava o Caderno de Domingo, e fora da Redação tudo que não dissesse respeito à minha vida com Bruxinha, para mim não existia.

Que os militares fizessem ou acontecessem, prometessem fazer do Brasil um país democrático, e não cumprissem o prometido, nunca azedou minha Brahma Chopp.

Só que um dia azedou.

Na tarde de 28 de março de 1968, um repórter da Editoria Cidade entrou correndo na Redação, gritando.

— Gente, os gorilas da PM invadiram o restaurante Calabouço, e o aspirante Aluísio Azevedo Raposo, o chefão da tropa, matou um estudante com um tiro. Um tal de Edson Luís de Lima Souto, que comia, trabalhava, estudava e dormia lá.

Aí, não foi só minha cerveja que azedou.

Foi a cidade do Rio de Janeiro que azedou.

Que os militares prometessem fazer do Brasil a maior democracia da América do Sul, e não cumprissem, que se danassem.

Agora, assassinar a sangue frio um inocente, isso me enfureceu.

Revoltado, pedi a Bené que viesse na minha sala.

— Vou cair fora, Bené.

Ele se espantou.

— Vai embora porquê, posso saber?

— Porra, Bené, trabalhar em um jornal que apoia assassinos, é comigo não.

Bené acendeu outro cigarro no toco do que estava fumando, e riu.

— Cara, se manca. Jornal brasileiro é assim mesmo. Apoia sempre quem manda, mesmo dizendo que é contra. E me deixa te perguntar. Você sai, e vai trabalhar pra onde, hem? Pra bicharada do Snob?

— Seja pra onde for, mas aqui fico mais não.

A Redação estava um pandemônio, todo mundo xingando a milicada.

Cheguei em casa quase meia-noite, Bruxinha me esperando na porta do elevador.

— Bruxinho, Bené me telefonou, dizendo que você armou o maior fuzuê na Redação.

Me joguei no sofá, e pedi que buscasse uma cerveja.

Bruxinha me olhou, séria, zangada.

Foi a primeira, e a última vez que a vi zangada.

— Vai tomar mais cerveja não. Fim.

Já era madrugada quando acordei, Bruxinha deitada do meu lado, me olhando.

— Agora me conta o quê que aconteceu.

Contei.

Ela me abraçou.

— Bruxinho, o que o jornal faz, é problema dele. Agora, o que você fez hoje, isso já é problema nosso. Vem. Vamos tomar um banho.

31

Sábado, 28 de setembro de 1968.

Caminhando e cantando e seguindo a canção / Somos todos iguais, braços dados ou não / Nas escolas, nas ruas, campos, construções / Caminhando e cantando e seguindo a canção.

Era a final nacional do III Festival Internacional da Canção, transmitido pela TV Globo, e saímos do ginásio do Maracanãzinho siderados.

Bruxinha cantando as estrofes, e eu cantando o refrão.

Vem, vamos embora, que esperar não é saber / Quem sabe faz a hora, não espera acontecer / Vem, vamos embora, que esperar não é saber / Quem sabe faz a hora, não espera acontecer.

No fim do almoço, Bené me telefonou.

— Vocês vão? Cuidado, o troço vai feder.

O diretor do Festival, Augusto Marzagão, já tinha mandado os convites, e Bruxinha já tinha dito que íamos.

— Vamos. E vai feder porquê?

Bené, riu.

— Porquê? Porque o general Sarmento já mandou recado pro Walter Clark dizendo que Vandré não vai poder ganhar.

— Como você soube disso?

— Ué, porque minhas fontes souberam. Tchau.

O ginásio do Maracanãzinho lotado, não deu nem para dar um alô a Tom Jobim, encafuado nos camarins, e já quase madrugada Hilton Gomes apareceu no palco para anunciar a canção vencedora.

Sabiá, de Tom Jobim e Chico Buarque.

Não se puderam nem escutar as últimas palavras.

Vinte mil vozes gritaram, vaiando.

E quando Hilton anunciou Pra não dizer que não falei de flores no segundo lugar, o ginásio do Maracanãzinho desabou.

Foi a maior vaia que já escutei, Bruxinha se assombrando com a raiva que fervia nos gritos e nos assobios.

E foi ainda debaixo de vaias que Hilton chamou Cybele e Cynara para cantar a vencedora Sabiá.

Tom, parecendo empurrado por alguém, apareceu atrás das duas, encabuladíssimo, Chico Buarque, eu sabia, flanando na Itália.

Nem parecia o mesmo público que tinha cantado *Vou voltar / Sei que ainda vou voltar / Para o meu lugar / Foi lá e ainda é lá / Que eu hei de ouvir cantar / uma sabiá* na escolha das dez finalistas, com sabiás largados não vi por quem, voando atordoados sobre o público.

Não se conseguia escutar a orquestra, e muito menos Cybele e Cynara cantando, ambas chorando.

De repente, alguém jogou tomates no júri, e Vandré subiu no palco para apoiar as cantoras.

Mas nem assim a vaia afrouxou.

Sabiá não era a canção certa para aquele festival. Demasiado lírica para o momento político que se vivia.

Vandré sentou, o violão na mão, o público delirou, e ele tentou acalmar a gritaria.

— Olha, sabe o que eu acho? Eu acho... Uma coisa só... Mas Antônio Carlos Jobim e Chico Buarque de Holanda merecem o nosso respeito.

O público aplaudiu.

— A nossa função é fazer canções. A função de julgar, neste instante, é do júri que está ali.

O público vaiou o júri.

— Um momento!

O público continuou vaiando.

— Por favor, por favor...

As vaias continuaram.

— Tem mais uma coisa só. Pra vocês, pra vocês que continuam pensando que me apoiam vaiando...

O público, já não vaiava. Urrava. É marmelada, é marmelada!

— Gente, gente! Por favor!

Os urros continuaram. É marmelada, é marmelada!

— Olha, tem uma coisa só. A vida não se resume em festivais.

Pegou o violão, começou cantando, e o público, em pé, aplaudiu.

Caminhando e cantando e seguindo a canção / Somos todos iguais, braços dados ou não / Nas escolas, nas ruas, campos, construções / Caminhando e cantando e seguindo a canção.

Quando chegou no refrão, *Vem, vamos embora, que esperar não é saber / Quem sabe faz a hora, não espera acontece. / Vem, vamos embora, que esperar não é sabe. / Quem sabe faz a hora, não espera acontecer*, o público delirou.

Eram vinte mil vozes cantando, junto, fazendo coro.

Bruxinha se levantou, e cantou também.

Me levantei, e também cantei.

Nunca me interessei por política, nunca odiei ninguém, mas naquele momento se tivesse uma pistola, um revolver, ou um fuzil, sairia dali matando tudo que me aparecesse fardado pela frente.

Bruxinha, cantando e chorando, me abraçou, e eu cantei e chorei junto com ela.

Ambos *aprendendo e ensinando uma nova lição.*

32

No dia 13 de dezembro de 1968 o General de Exército Artur da Costa e Silva, ouvidos oficiosamente os 24 membros do governo, e oficialmente o Conselho de Segurança Nacional, após seis CONSIDERANDOS, editou os doze artigos e os dez parágrafos do ATO INSTITUCIONAL Nº 5 no 147º ano da Independência e 80º da República, decretando o fim absoluto da liberdade democrática no Brasil.

Era sexta-feira, e como sempre fazia nos fins de semana, Bruxinha desligou a televisão, e no sábado e no domingo jogou no lixo os jornais que chegaram na portaria.

Só na segunda-feira soubemos da oficialização do general, o porteiro me dizendo que o diretor-executivo queria falar comigo.

Me recebeu na porta, e pediu que me sentasse.

— Nosso jornal está censurado. Dois coronéis acabaram de sair deste gabinete.

Fez uma pausa, e me olhou.

— Lhe pergunto. Quer escrever um editorial para amanhã?

Pasmei.

Nem parecia o homem que tinha feito aquele discurso, Senhores, o nosso jornal sempre primou pelo apoio à ordem constituída, e sempre lutou contra a autocracia e a baderna. Agora, que a paz voltou ao seio das famílias brasileiras, é nosso dever apoiar a disciplina e o bom senso democrático dos militares.

— Doutor, quem escreve editorais são os donos do jornal, ou o diretor-executivo.

Saí, e passei na sala de Bruxinha.

— Vamos. Pega suas coisas.

Ela me olhou espantada, mas se levantou, pegou a bolsa, e só no elevador lhe contei.

— Seu chefe me disse que o jornal tá censurado, e me perguntou se eu queria escrever um editorial para amanhã.

Bruxinha me olhou, séria.

— Se você aceitasse, sabe o quê que eu fazia?

— Sei.

— Isso mesmo. Te largava.